那些无法赞美的

木叶 / 著

上海文艺出版社

献给 1995～2008

献给哥哥刘海涛

悲剧通向一切,爱从未止息。

序诗

那些无法赞美的赞美着世界

"红玫瑰。百合。马蹄莲。还有郁金香。"

她们不需要同时抵达

一个个地来就好,最好都不到访

她们住在你和哀伤之间,通过

发明对方而安慰你。你与一根刺一起生长

屈尊于花蕊的美,屈尊于世界的暴虐

"核酸。月供。北京。盐。鸡毛菜想你。"
万物赤裸,一些繁琐的事物锻造着生活
锻造。将锋利移入体内。锋利。死
也是一种妥协。我点燃一支烟,重新思考
那些无,那些无法赞美的东西

那些无法赞美的东西赞美着世界

2009 年写,2022 年 5 月修订

目录

· 辑一 ·

梦——留别这个世纪

北京越来越北,或像皇帝
一样被均匀地一刀劈开

死生

· 辑二 ·

相忘于江湖

烂漫
046

扬州慢
050

凌波微步,罗袜生尘
055

鹊桥仙
059

零落一身秋
064

我醉欲眠卿且去
068

断续
072

一星如月
076

事了拂衣去
080

隋炀帝因书入梦
084

雨细未沾衣
088

蓬莱清浅
092

明灭
096

· **辑三** ·

致
103

命运
109

天平上多余的一克
114

有关顾城
119

博尔赫斯的自习课
127

海明威的酒杯
133

上联
136

剑气
140

老夫聊发少年狂
144

魔岩三杰之夜
147

一个入侵者的面孔
151

死神来过了
155

冷魂贾植芳
159

群像——一个文学奖的一天
166

索尔仁尼琴。回来。
175

· 辑四 ·

诗人和诗歌
181

诗歌的品格
208

通向格律之门
213

一篇未定稿——关于柏桦,或夏天与汉风
240

附录
阿乙×木叶:自由即爱与被爱、创造与被创造
263

后记
291

辑 一

梦

——留别这个世纪

黄昏。我和刘走着,我们规规矩矩,有一种现时代的美。我们将做出选择的十字大街就在眼前。

突然,从一棵大树后跳出个人,二话不说,就打刘。我想以和平方式解决这一麻烦。我失败了。受惊的鸟化成枯叶落满一地。刘已全身是血。我再次示意陌生人住手,而这无济于事。我顺手抄起一根棍子,一下打去。我万没想到:他死了。刘善良地盯着我。警笛从各个方向传来，必须赶快离开了。

尽管事发地点无从知晓，我们还是一口气跑回了故乡。亲人们相见不相识，也不问我们从哪里来。原来语言根本不通了，一切恍如隔世。一切很静。我们苦笑着，最后看了一眼这个和自己一同长大的地方，便躲到了家乡河中央的小岛上。

不知过了多久，一声渔歌，一位面善的老人撑船而下。我和刘好久未见到人了。把他请上岛，问长问短，送这送那。他也谈笑风生，三个人宛如一家。其实，他并未说什么，至少说得不多。我们高高兴兴把他送下岛，目送他远去，如此数日。世界在我和刘心目中变美好了。美好的世界！

我和刘都怀念着老人，彼此间反而有些生疏了。

老渔人来得渐渐少了，渔歌最终断了。而鱼自己跳上岸，死了，黎明一样的白肚皮。我们一人挖坑，一人填土。这无缘无故的死让我和刘和好了。

正这时，四周站满了士兵。红的，蓝的，黄的，黑的，荷枪实弹，一步步围上来，面部没有丝毫表情。静。我顿感像被抽空了一样。首先想到的是刘。我得保护他，绝不能失去这最后一位朋友。我一下子忘了恐惧，疯狂地向士兵们冲去。就在相接的一刹那，大水卷走了他们和刘。水流着，就像什么也没发生。我来不及哭上一声，又开始了无边的逃亡。

这中间的一些事，已记不清了……

夜也更深了。我睡在一位美丽姑娘身边，我和她没有距离（这使我伤心地想到刘）。她的右边是她的母亲，我的左边是她的父亲。这是一张古老的床，绿色的床。我醒来。一切很静。静得令人不安。我绕着这个小屋走了一圈又一圈。这是座美丽的山村，山外还是山。而村落仅此一座，住户仅此一家。我感到有一种幽黑的鸟注视着一切，我迷醉了。

轻轻地,从远处,从黑夜背后传来断断续续的声音。如同我的心跳平静而可疑。越来越近,近。好事是不必如此的,我想。小屋的门关着,一家三口睡得像大地,像夜。

沙沙声戛然而止。满山坡黑压压的,蚂蚁般,慢慢大得像野猪,像小轿车,像倒下的山。原来仍是人,环绕着我和小屋停下来。火把一下全部点燃。没有一点儿原因。一个凶悍的男子向前走来。可以肯定,他没有看到我,或者说根本没放在眼里。他比我离门更近了。门里的人睡得很美。静,啊,静。我猛想起三岁时奶奶所讲的抢婚的传说。我丧失了思考能力。一下拔起一棵大树,横扫过去。我抡着,打着,拼杀着。奇怪的是没有发出一点声响,相互呼应的仅仅是一具具倒下的尸首。我胜利了。一片漆黑。只剩我一人站着,最后也倒下了。我的手触到了什么,热热的,黏糊糊的。这种东西比枝头那幽黑的眸子还耀眼。我惊恐地发现,倒在身边和远方的尽是些孩子。最大的也就十三岁。

　　这时,小屋的门——开了。传出婴儿的哭声,像是刘。

1996年底,1997年初

北京越来越北，或像皇帝一样被均匀地一刀劈开

0.

妈妈躲到了泪水的后面，背影从肩头蜕落。啜泣。只有潮湿，没有声响。连潮湿也最终被上海西北的那个角落挽留。

出租车卷走了柏油马路与午夜十一点。

此时此刻，我们相识八十一天。去北京，一场

被默许的私奔?

1.

"太阳在右边,我们往北开。"

你脱口而出。缓缓地扭过头,没有笑意。

黑夜。白天。上海。北京。

和接站的哥哥握了一下手,天便又黑了下来。对你来说,北京此时仅仅存在于昌平的小村,蔺沟。那是没收了我的快乐与无知的地方。

2.

温榆河像一条蛇,摆着尾巴,将蔺沟围在腰际,又带向远方。远方有多远?妈妈不大关心这样的问题。四年了,儿子终于回家了,还带来个上海姑娘。妈妈在近处端详你,爸爸在远处站着。我被冷落了，这样挺好。

妈妈已老，爸爸在笑。

3.

春节联欢晚会是昂贵的鸡肋，一词根鸡肋。

4.

你拨通长途，上海的妈妈在看冯巩说相声；你放下电话，北京的妈妈在听冯巩说相声。屏幕上的泪水与掌声。秀。

一个"钻天猴"呲呲燃烧，等待着"飞起来的结局"。

粉身碎骨，把我们带到院子里。

硝烟弥漫，你寻找着北斗七星。里尔克说过，那颗我获取光明的星，他千万年前就已死去。我第三次重复这话时,你找到了北斗七星。在天外的天上,比天空还要空。勺子里不稀罕一词一句。

我抱起你,旋转。星光向后退去,随即又向下压来。一个鞭炮壳垂天而降,精确地落在你的头顶。

风,来晚了。

5.

每次回京,必去圆明园。你也选择了这里。在大水法下,人们照相,单人,双人,三人,四五六人,一大群人,然后,茄子茄子。你让我站在这些人之外,相机之外,甚至大水法之外。

悲剧不在大水法的内部。

半个月前所下的雪在别的地方已悄然融化,似乎只选择了这么个所在保持着自己的威仪,高高低低,层次分明。凡是有杂质的雪都先行消融,纯白者则健在，完好，承载着雨果那句有关强盗的名言。没有所谓的象征意义，也没有寒冷，只有雪，在大地的高度展开，聚拢，再展开，无视你的到来。

6.

天暗了。我在北大撒了一泡尿。

门锁着。偌大的黑板上没有一个字。

未名湖化作一双双脚下的一大块冰。你走在上边，加快了步子，笑。摔倒。

静默一分钟三十秒。

7.

二十九年了，我第一次踏进故宫，前边是你，1981年生于上海。我注定不适合故宫这样的环境。你亦然。我看这里剥落的高墙，你看那边铁样的古树；我留意频繁飞过的乌鸦，你注视琉璃瓦间摇动的枯草；我关心没能看到的东西，你回忆那永远逝去的事物；我们在太和殿走散了，在一个老外跌倒的墙角又携起手，转而出现在紫禁城的中轴线上。

无形的中轴线。漫长的中轴线。将我们像历代皇帝一样均匀地劈开。一把看不见摸不着的刀。一分为二。没有痛感。只有被劈作两段的喊叫。无声的喊叫。

"皇帝老儿，go to hell。"

九九八十一颗大铜门钉，你拍了一下，旁边的人也拍了一下，又一个人回头看了看。它已不愠不喜不愁不欣不哭不笑不高不低不急不缓地从你头顶掠过。

载着纽约方言的出租车甩下金水桥而去，你挥手走过长安街。广场真大。如果人少一些的话，我愿意在这里多站上五分钟。你说了这句话，我发现人并未减少。

8.

我比长城还高！你站在毛泽东曾登临的地方，说，如果能抱一块长城的砖回去就好了。

只有我这个十二岁便成了好汉的人知道，与十七年前相比，整个长城不再有一块多余的砖。长城像位白领，打红领带，嚼口香糖，玩 DV……另一些时候被塞进一张照片，支撑起另一面墙和另一个人的回忆。

与秦始皇无关。

9.

本想这里的序号是 13，不过是 9。

十三分之一：长陵。旅游但取典型，去一座陵就够了，然后再看水库，看日落。

日落西山。

陵不是用来参观的,所以帝王的尸体可以缺席,在一个遥远的世界衣冠楚楚地腐烂。

10.

置身三里屯,这是你的梦。大年初四,白天,很多店都关着门,理直气壮。"雕刻时光"不在这里吗?

没有夜色的三里屯,不是三里屯。

"你不让我摇滚!"

几棵圣诞树还摆在那里,和羊年有关吗?

你拉着我在三里屯的街头放肆地奔跑,没有一个人在意我们。

我爱你。这个像货币一样流通的词,我也不得不在速度感中借用一下。

11.

一双一模一样的袜子在上海卖 2.5 元,秀水街 15 元。你对京城肃然起敬。

秀水街,不清秀,没有水,街上也不能走一辆车。尽头,买了两件披肩,北京的风就在这时吹起,好大。聚拢在你的肩头。

12.

王府井。王府饭店很堂皇。但王府已找不到属于它的井。据说发现了一口,这是几年前的新闻。其实没发现也行。这口井已不再需要一滴水。

13.

二姥爷老姥爷大姨二姨三姨老姨舅舅叔叔哥哥姐姐弟弟妹妹侄女外甥女……齐聚一堂。你破天荒头一遭喝白酒,是代我喝的"又一春"。为什么不喝"二锅头"呢?半夜里,醉意阑珊的你反复地问。

二锅头,平民之酒。二锅头,"醉"是那一低头的温柔。

14.

一周的北京之行就这样过去了。为了混淆视听,为了真实,我打碎了行程与日期。把属于别人的事情置于你我名下,把我们的一些行为糅入一张报纸,丢在大熊猫状的垃圾桶里。

告别那天,许多亲友和乡亲在门口相送,你拉了拉我的衣角:妈妈哭了。

15.

"火车/徐徐开动/北京/越来越北。"

你的每句诗我都记在一个小本子上,甚至狗尾续貂。

16.

十天后,在上海的市中心我们看了《周渔的火车》。影片中诗人(梁家辉饰)问周渔(巩俐饰)"你是喜欢我的诗还是我这个人?"周渔说"我喜欢诗人"。

你说"其实周渔没有火车,拿火车当道具太奢侈了"。我点点头。

北京。上海。 1460公里。

那列短暂地属于我们的火车从夜色归来。

17.

三千里路云和月。

一切只是一个开始。

爱情是一只没有脚的豹子，在袅袅兮的秋风再次吹起之前便追杀着你，我。

2003年，春节自京返沪之后

死生

汶川县城一度成为孤城。然这里并不是最悲凉之地。

汶川至映秀，国道213‑317。因其重要，成为"生命通道"，又因其险绝而近乎"死亡之谷"。这正是我们徒步穿行的所在。

成都-马尔康-理县-汶川-绵虒-桃关-银杏-映秀-圣音寺-都江堰-成都……16日至26日。

汶川、北川、绵阳、什邡……甘肃也是灾区……而今人们在建活动板房,在关注堰塞湖,在进行震后的心理救助,在议论"捐款门",在追问黑心校舍建造者,在期待家园的重建,在思考什么是真正的开放与透明……

大悲,激发大慈悲。

废墟、巨石和岷江见证了更多更温暖或更惨烈的内容。但它们无言。

国难当头,遣词造句,咬文嚼字,已属无奈。但我还是提起笔。

16—20日:成都-马尔康-理县-汶川

生于5·12

15日订票,16日中午飞抵成都。

大地坼裂。从成都到汶川仅约一百公里,而我和马牧阳所随的"中海"车队不得不耗时两天半绕道一千公里,经马尔康、理县,进入汶川县城,装载救灾物资的大货车更是连夜翻越夹金山。这是一座特别的山，曾矗立在红色经典中，曾置身于旅游相册里。这一夜，雪。

19日下午在汶川县城两个点为师生、医务人员和伤病员免费发放救灾物资。夜宿县城，一辆大货车的车斗里睡了六七个人。余震时，整个车在抖，不过也有志愿者累得没有什么感觉。

20日一早返回理县，继续发放水、面包和方便面等。

车队考虑得较周全，带了为数不少的大锅和煤气罐，在灾区汶川和理县煮鸡蛋，一煮便是两三万只，热腾腾地送到民众手里。坦白讲，我们来得很迟了，但所到之处的人们还是说"你们是第一家一对一到现场发放救灾物资的"。我无意指责谁，而我更无法低估的是老百姓的目光。

再大的灾难到来也会有商人作秀，我们所随行的车队可能亦难完全免俗，但有些实事终究很值得记取。

汶川，这座灾后的小城神情丰富，我只说一个，就是有个婴儿正好于 5 月 12 日这一天诞生，剖腹产，名字尚未取好。我去探望时婴儿一直在睡觉，开始是老人抱着，然后是母亲抱。婴儿一直没有睁眼，小小的嫩嫩的脸几乎凝结了这个小城地震至今所有的表情，我将久久记住这一幕，说什么均属多余。

21—24 日：汶川-绵虒-桃关-银杏-映秀

徒步生死线

汶川至映秀。国道 213 - 317。

这是两条辗转而清晰的路，因为很长一段是与岷江同行；这是两条繁忙而著名的路，因为是黄金旅游通道。

强震陡至，家舍倾覆的同时，国道也遭到致命性破坏，最严重的地方，有一两公里丝毫看不出有公路的迹象，完全为垮塌的山石所掩埋，压覆在下面的轿车、货车和旅游大巴更是难以计数。

车里。房内。石下。路上。河流之中……我们关注的是一个个生命。

岷江汹涌且深浅不定，水路救助功效近乎零。所以抗震救灾，要靠直升机，而作为个体，更多的人不得不在余震频频、上有飞石、下有峭壁、面目全非的国道上行进。

即便真正到了现场，一个人所能做的也实在有限，与灾区同在，与灾区民众同行，几乎意味着一切。

连续七天不曾洗过澡——我这么说只是想告诉你，志愿者和军人更是如此，甚至有烂裆的。

沿途记下许许多多身份、口音各异的人的名字和电话，也许永不会再见了，但还是记下。

21日。

告别记者、志愿者和中海车队，我和老马再次回返汶川，拦了很多车，或不便或不愿（带一个人就增添一分危险），最后才坐上一辆开往通化的当地卡车，司机途中至少让三批人搭车。他告诉我们，自己101岁的舅婆在地震中遇难了。她经历了这个民族百年的苦难灾患，最终倒在家园的废墟之中。

通化就快到了，隐隐听到司机的哼唱：韩红的《天路》。

别了这位司机，又遇上抢修水电站的车，于是同行。

11点进汶川。很长时间只能当电子表用的手机终于有信号了，噼里啪啦二十多个短信。我绝非善交际之人，列此数字只想表明，当你前行，便会有人关注，有后方的同仁，更有那些匆匆结识的村民和志愿者。

通过县委宣传部和已开赴绵虒的驻渝某集团军特种大队取得联系，下午来到绵虒。在和大队长苏杰、政委罗旭东等官兵的交谈中得知，特种大队12日便出发，13日步行进入时为"孤岛"的汶川县城，16、17日步行抵达映秀，至此，特种大队成为第一支打通汶川-映秀南北通道的成建制部队，一路勘查灾情，抢救群众，运送物资，并向有关部门提供第一手灾区信息。

对于17日在桃关救出被困了五天的德国游客一事，特种大队的刘洲和政治处主任冯旭东在和我们交谈时几乎是一笔带过（返沪，百度，发现这名德国游客伯格达在接受采访时对中方军人赞许有加）。

22日。

晨7:50正和政委告别时，余震来袭。他越发不赞成我们南下，至少他们部队还未遇到记者从绵虒徒步走到映秀。我们只得谎称到桃关看看便回来。

大山垮塌，关键性的草坡隧道变成了一个长长黑黑的一头还算通畅一头却埋到了脖子的大管子，从此往南的国道毁坏惨重，绝无法行车，此后的一段也正是我们走得最没经验也最苦不堪言的，而至此已无退路。

10点半，余震，石头就在前方一百米远的山坡上飞滚。

在桃关，遇见"秋收起义红二团"，正在等候首长前来检阅。不远处是临时停机坪（后来听说因气流故，司令和随行记者的直升机根本未能降落，不知说的是否同一地点）。

听说我们是来自上海的志愿者，也是记者，很多被困的当地村民围过来问外面的情况，老实说我们也好几天没看电视和报纸了，闭塞得很。不少村民在震后十天还没和外面的亲人取得联系，我取出纸笔，让他们写下自己的名字和所需联系的人的号码（到成都后，先拨手机，打不通的便发短信，每人发两次。非常遗憾的是，半个小时的忙碌，仅仅一个女孩的电话通了。祈福）。

没走多远，碰到两名回家的小伙子，其中一个姓吕，江西上饶人。地震当日在茂县，震得并不太严重。看到他时我立马想起汶川县城的那个年仅十九的少年，他们十个老乡幸免于难但是非要从这条路返乡，走到汶川时只剩三人，其余七个都在滑坡塌方中瞬间遇难——幸免于地震，却亡命于还乡途中。有时你很难理解一个人为什么要如此这般地冒死回家，难道没听说汶川到映秀震后的路途险恶无比吗？

眼前的吕礼强说得简单之极："待在茂县不回家，我会变神经病的！"

言语间，已来到罗圈湾，索道就在这里。目测，约百米。

据说地震之后索道才恢复使用，因为真正的桥废掉了。为了让对面的人能顺利滑过来，当地劫后余生的村民天一亮便来这里拉索，直至天黑。最初的两三天甚至曾一次同时滑两个人过去，须知，岷江就在脚下怒吼。因索道有些问题，大家直到两个小时后才滑过去，其间一共有三次明显的余震。

晚7点半，沙坪关村上银杏组。一个八岁的小孩成了孤儿，全村的人都在关注他。再往南走不远，一辆吉普车朝我们驶来，然后急刹车，再迅速倒转……近看，吉普已被毁容，即便如此亦可以说是沿途唯一一辆活着的车了。在这仅仅两百米的路段上，这么一辆车成了劫后余生者寂寞的"玩具"。猛然间我想到那个获救后要"冰冻可乐"的小孩。这里面有真意，我却说不清楚。

到一碗水村街上组，已然晚9点。很多村人围着我们说话：因素种种，直至21日，才见空投，三架次，帐篷、大米、干粮、水，对于这个共一百六十人、九人遇难的小组，谁要是拿了水便没干粮，或相反。水声越到夜里越响，大大的一盆炒蚕豆端上来，我、老马和路上遇到的另五个兄弟一起吃，愣是剩下半盆。两支红烛迎风，一支插在劈成一半的土豆上，另一只插在另一半土豆上。

23日。

到银杏乡，遇叶挺独立团，团长刘豫。这个将门之后在接受我采访时用"连滚带爬"四个字来形容绵虒至映秀这条生死线上的行走。其实他言谈间一直有笑容，"铁军面前无困难，困难面前有铁军"。独立团有两千多人，约一千五百人从河南赶来抗震救灾。16至18日，三天和师部失去联系。兵马未动，粮草先行，然而因路险事急，不得不轻装出发，两天的口粮要吃两到三倍的时间，补给困难外加对灾民的救助，官兵唯有整天喝粥，有人一个星期没有解大便。

中午，随小分队去东界脑村清水驿组清理废墟，并把埋压在废墟中的腊肉搜找出来。组长梁桂霞手里拿着儿子的小学毕业证、老公的奖状以及近两百张照片，这些都是才从废墟中扒出来的，但就是找不到她和爱人的结婚照。

有一个二十六岁的小伙子，面色黝黑，话极少。去年11月建好两层小楼，12月结婚。住了才半年，楼便被震毁。当天他在外打工，美丽的妻子被砸死。第二天赶回，哭着将妻子下葬，冒着余震跑进屋找出户口本，却没有发现结婚证。妻子娘家在安岳，已有人带口信过去。他打算安置好自己的母亲（父亲已去世多年）就去看望岳父岳母。新娘子是羌族，遇难时不过二十岁，且已有身孕。等待着新郎倌的是六万元欠债，是久远的悲伤。

清水驿一处废墟旁圈有一大群猪，老马说，这是我们沿途看到最富的人家了。不过当我在和村民聊天时才得知，这是震后清水驿所剩所有的猪，还有一些砸死或走失了。

猪也会遇难。我数了两遍，共十六头，一水儿的白色，沿着废墟有了同一个家。

24日。

"叶挺独立团"战士的风纪可能是沿途所见最好的，但一大早还是听到首长在训话。我就是在这时起床的。

余震。出发，和阿坝藏族羌族自治州防震减灾局副局长徐吉廷同行，汶川便属于阿坝州。昨夜，他关于地震的一些说法，我并不满意，但一想到这位老先生要往返银杏-映秀，尤其是要攀爬豆芽坪附近几乎直上直下的峭壁，我对这么一个人在灾难面前的勇气便有了一种敬意。当天还遇到了汶川县副县长钱毓林，他说自己把暂时负责的每一个乡镇村寨都走到了，我对这话本能地有所怀疑，但他毫不起眼的穿着和满是尘土的皮鞋给了我一丝安慰。

居然，在清水驿附近遇到了方成龙，贵州人，布依族，1981年生，已往返于汶川-绵虒-银杏-映秀这条生死线达三次。途中便有人向我们讲起这名志愿者，还有人以为他失踪了呢，他的声音急促、决然："我永远不会失踪的！"一路走下来，他帮助受灾民众传递口信、运送物资，还背一个名叫冯伟的受伤士兵走了好几里险路。

像他这样的志愿者还有不少，譬如一个成都的高中教师和大二学生便很可敬，只惜未记下他们的名字和联系方式。

又行进一里，对面山坡发生长达近一个小时的滑坡，大大小小的石头呼啸，烟土弥漫。再向前是麻羊站，遇到几名雅安人，架高压线的，其中一个地震当时紧跑慢跑爬上了高压线的铁塔，且幸好铁塔未垮，得以生还。他们早已回到了老家，此番是专程回来祭奠四个死难亲友的，几炷香在燃，一堆纸在烧，透过烟雾可以看到遥遥的河对面的铁塔。像他们这样几百里冒险寻亲的人同样不少，遗体要么找不到，要么找到了却无法运回，只得简单处理一下，做个记号，以待来日能魂归故里。

10:45，豆芽坪村。房子倒了部分，一个老汉从帐篷里走出，倒水给我们喝。近旁一百多个蜂箱，安然，嗡嗡叫。不知甘甜的蜂蜜几时酿好，不知老汉的淡然究竟意味着什么。

向前每走一步，都可闻到尸体腐臭的味道，一路上类似情形颇多，以此处为甚。无言，加快步子。一抬头，前路正石飞尘扬。

人越聚越多，终究还是要过这个坎！在飞石的间隙，一小队一小队的人奔过。乱石阵之后是石土相混的山，陡极，被认为是从汶川至映秀最危险的地方，80度（其实一路上类似的坡度还有）。

一个汉子满头大汗，袒着胸，一边掏烟一边道：我们是"农民铁军"！

是的，一路上所见最多的便是铁军，如真正属于铁军的叶挺独立团，也有特种大队等，很多战士是89、90年出生的，一脸稚嫩，却在直面考验了，很多休婚假的小伙子赶了回来，更有退伍多年的战士自愿归队，随军救灾。是伤是亡，在所不惜，真要问个为什么，大多会对我说，谁叫你穿了这身衣服？还有更直白的：抛开天职不讲，做一个人就要积点德吧。

过了这个峭壁再翻过一座山，空旷处坐了数十人，几乎全是沙坪关的村民。作为农民铁军，他们的组成和心态更复杂。两天前还在为我们过索道忙碌的当地青年男女，次日便成了逃难者，甚至赶过了我们的步子。家破，人亡，村毁，心乱，他们背井离乡，就像暂不知晓村中老幼伤病被直升机转往具体何处一样，他们对自己的命运也并不明了。

不约而同，大家休息了很久才上路，映秀在望。

5.25—今：都江堰-成都-上海

看不见的遗体

28日，收到特种大队冯旭东的短信：沙坪关、一碗水、兴文坪村的老弱幼和愿走的村民都被直升机接走了，银杏乡所有愿走的人都走了，目前只有桃关、兴文坪、东界脑有少数人，保重！

离开。另一种远走他乡。

半座山垮塌下来，一辆辆呼啸的货车轿车瞬间惨毁途中，远远地看就像大山的一个玩具，而人就在其中……你不在现场便难以真正理解这一切的险恶与悲惨。

石头像刀割过一样锋利，大地也在悲痛之中。

不过，到底还是有令人欣慰的：一些学校已经复课了。

余震不断，比余震更长久的是生活。

临行前被一个女孩叮嘱：善待血与泪，少拍。

回想这一路，面对许许多多受伤的人，我均不曾举起相机，甚至不是不忍，只是无言。时间原因，绝少见到遇难者。如若说从未见到亦是不确的，譬如在一碗水村，同行的老马便看得真切。此刻，我庆幸自己的视力不太好。在映秀，更是看到两个"迷彩"扛着包裹好的遇难者远远走来，静静走去。

他们是看不见的，然就在你的前后左右，甚至脚下。无，大于有。

无论谁死了，都是我们自己生命的一部分在死去。

有一张照片，同行的老马所拍："计划生育协会"，一个直指生命的所在。而今房毁屋塌，还算完整的竟是那牌匾。一派凌乱中，军用水壶齐齐整整，幸存者和行动均在镜头之外。

远处，更远处，是穿行在汶川-映秀这一生死线上的志愿者，是或行或止的灾区民众。

死者回归尘土，生者开始仰望。

成都-汶川-映秀……这十日,我所做的近乎零,却切身看到了川蜀大地裂缝之深之长,以及一个个魂灵是如何在劫难中默默修复。

永远的,天地不仁。

永远考验的,以人为本。

2008.5.29

辑 二

相忘于江湖

相忘于江湖。

那是在临近世纪末的某个夜晚,铁岭路一间不大不小的屋子,因了一本杂志而相识的一众朋友聚在一起,不知这是第几次了,大家畅想着来日的相聚,或意气风发,或讲着讲着就兀自静默了。乱糟糟的,一个我此前并不太关注的兄弟放下酒瓶,嘟囔了一句:相濡以沫,不如相忘于江湖。

话音未落,他扭头去了厕所。就在那时,几十只酒瓶已经东倒西歪于桌边椅下了。我更是吐得厉害,空腹再战,装得像个他妈的剑客。

当晚我不曾呼应那个哥们的话,因为在内心那几个字已然将我镇住了。

江湖,是用来相忘的。

多年后与那个放言"相忘"的兄弟狭路相逢,他已茫然不记得当初说过这么牛逼的话。他很忙,忙于离婚,忙于商场博弈,偶尔会在那些儒商面前背诵自己或友人的诗句,没一首能完整,但听过的朋友都说他的语调还是属于世纪末的那个夜晚。只是不知他的诗歌秀和流行的KTV相比,哪个谈成的单子更大些?

很想和其中的一个兄弟坐下来聊聊,但他已去往另一个世界,那里不知是否还有迷狂的戏剧,是否还有一架钢琴,如果有,请把那不知名的曲子再胡乱弹上三遍,尽管我明了每个版本均不会是记忆中的那一个。

还有一位姑娘嫁为人妇，描描眉，跳跳舞，步入美利坚的午后，盘桓于大写字母的变体……她欠我一首诗、一篇小说——人家活得好好的，我有什么理由说欠呢？

很多人成为江湖上传说的名字，有时会从毫不相干的地方得到一点没头没尾的信息，或好或坏，不喜不悲。

还有一些朋友，会相约喝酒，偶尔谈及艺术，谈着谈着就感觉特没劲，立马切换到如何养生、炒股便气象万千了，其实不过是几个身子骨不再灵光的穷光蛋……有什么东西给狗叼去了。

终于还是想到被谈得过多了的马骅。在校园里多次见到此君，看过他编导的话剧，也曾碰巧和他坐在一起看别人的话剧。印象中我们只说过一句话，变故便突然发生了，我就像与他根本不相识一样读着比他本人走得还远的文字：

> 我最喜爱的颜色是白上再加上一点白
> 仿佛积雪的岩石上落着一只纯白的雏鹰；
> 我最喜爱的颜色是绿上再加一点绿
> 好比野核桃树林里飞来一只翠绿的鹦鹉。
> 我最喜爱的不是白，也不是绿，是山顶上
> 　被云脚所掩盖的透明和空无。

我继续写着一些分行或不分行的东西，在一次次换行间老去。

有时我会把庄子的"相忘于江湖"改成"相望于江湖"：远远的，天各一方，中间隔着水汽、扁舟、飞鸟……不言不语，心领神会。终究觉得还是"忘"字好，人自在了，便离自由不远了。相濡以沫有时是迫于无奈，就像那些小水沟里的鱼；相忘于江湖则是一种气度。

似乎是哪位大侠的话：每个人都在心底问过，

我的江湖在哪里?

　　小说中,贾宝玉最是喜聚不喜散,最终他弃一切而去,从此别过,多少人,多少事;现实中,一个狗屁短信就把千里外的你我逮住,我们拥有江湖,但已然不是那个属于剑客侠者的江湖。

2005.11.30

烂漫

一个诗人来上海,他出了名的喜欢毛泽东的诗词,想必稔熟于那句"待到山花烂漫时,她在丛中笑";一个朋友刚刚去了婺源,她发来油菜花的照片给我做桌面,金灿灿的,很是放肆,很是婉约。我想,这可能就是烂漫吧。

彼时年少,读毛泽东的《卜算子》一词,我们几个朋友间有过一句经典的话:是烂漫,不是浪漫！因为，我们最初觉得，老人家写了错别字吗？查字典才知，果真有"烂漫"，作"颜色鲜明而美丽"解，顾名思义起来这个词更是魅惑得要命：有火有水，又是花儿又是柔和绵长；而现代意义上的"浪漫"一词总感觉是洋人的二手货色，所谓罗曼蒂克，romantic（可惜啊，苏东坡早早便写有"年来转觉此生浮，又作三吴浪漫游"）。其实，国人是极其浪漫的，《诗经》的第一篇便是"关关雎鸠，在河之洲。窈窕淑女，君子好逑"。后来出了个儒家，再后来儒家又一统独尊，权与势，思与维，久而久之，国人便不再好玩儿了，脸一垂就是两千年。当然这么说未必准确，浪漫的人多得很，西施、李清照、李师师、庄周、李白、纳兰性德……这个名单断然写不尽。

不过，浪漫和浪漫亦大不同，刻薄的例子是：人家法国人崇尚情人，我们古人欣赏的是三寸金莲。所以，我还是喜欢"烂漫"这个词。任凭别人陶醉于"姹紫嫣红",我独喜那黄色之辉映。回想第一次大规模地看到油菜花,约是 1998 年,在崇明,油菜花包围了我们所住的房舍,叔伯劝酒,蝴蝶飞飞;花猫闹春,黑狗夜吠……我仿佛回到了自己的故乡。

我们曾在油菜花地里乱跑,旁观的人说"菜花黄,人发狂",着实是最唯恐天下不乱亦最妖娆的话。说来奇怪,作为一个北方人,万人吟咏的梅花却不容易打动我,屋后的如此,山间的亦然;陆游的如此,毛泽东的亦然。

写这篇文章时,一直看着桌面上的油菜花,渐渐地感觉和崇明岛的有些不同了,究竟是什么呢?原来婺源的花是长在半山腰的,像是佳人的碎花衬衫,一丛丛呈阶梯状地断断续续升到了照片之外的天上,近乎行云;崇明岛上的油菜花,则开在仅仅海拔一层楼的高度,离天远,一朵朵如鱼在水。这不是富贵之花,不是高傲之花,如果说与什么接近,我想应是平民之花向日葵!花儿一大片一大片之时就形成了海,那种景致是烂漫,不是浪漫,至于为什么,或许是只有鲜花才可以将最私密的部位,大大方方展示给最假正经的人类,得到赞美时它们还能永久一语不发。一语不发地飘零。

  花非花。

2006.3

扬州慢

"烟花三月下扬州"！李白只是目送孟浩然西辞黄鹤楼顺流而下，并未直接描摹扬州，扬州却有了一种曼妙，想来就在于这个烟花这个三月这个下字。

查了查资料，鉴真应该是较纯正的扬州人，但是，似乎真正为扬州之魅施了魔法的大多并非当地人，如扬州八怪便多来自外乡，毫不吝惜地将自己的才情洒在这花这草这园林这湖水之间，慢慢地生了根……李白、杜牧、苏轼、姜夔、石涛均属于这样的扬州的过客或欣赏者，甚至，金大侠亦把韦小宝暧昧地塞进扬州"丽春院"。"借问扬州在何处，淮南江北海西头"，这是隋炀帝的诗，几乎可作地理教材看，但味道很足。隋朝大运河开凿了，据说彼时扬州的美女亦美极了，时至今日仿佛不那么美了，但美名注定会继续传下去的吧。

1998年，我曾小住于瘦西湖畔，临街美食颇多，羊肉串一块钱六串——哪里没这东西呢？然而当扬州炒饭、清炖蟹粉狮子头迅速四处扩散，那种三五个大洋便足以令你一夜荡气回肠的羊肉串，显得越发珍稀了。

因了"天下三分明月夜，二分无赖是扬州"，朋友柳绦亦曾下扬州。可惜天公不作美，明月隐身，夜色迷蒙，便在一个路口坐下，看人来人往。所处的那条路有个小小的坡度，人们过来时自然而然便减缓了速度，男的，女的，步行，踏车。柳绦就坐在路边，傻傻的……回来后让我依此猜一首词，我愚钝，柳绦只得自揭谜底：扬州慢。

端的美妙！如梦令、菩萨蛮、蝶恋花、水调歌头……古人的哪个词牌不漂亮呢？问题是柳绦太天真了：殊不知，路这边的人慢下来了，路那边的人因下坡自然而然地快起来了？转而又觉得柳绦并没有错，看到了对面的人快了起来，眼前的"慢镜头"会越发可爱的。

时代迅猛，人生苦短，慢下来了，你的灵魂才能跟上你自己。

慢，就是一种韵致。或许正是因了对这一点的敏感或逆向思考，柏桦说"呵，前途、阅读、转身/一切都是慢的"，孙甘露说"比'缓慢'更缓慢"，臧棣说"诗歌是一种慢"……但我更心仪的是那种古典的慢，那种漫不经心的慢，那种引诱你去胡思乱想的慢,那种人的慢和世界的慢不期而遇的慢。

慢是另一种快,赋予一个个静止以速度、加速度,然而决不去催促或逼迫,慢就此化作一种对自我的展开,与挽留。

所有的想象,所有的相遇,所有的展开,所有的挽留,最终归于文本。

换言之,一个个文字与一颗颗魂灵耗在了一道,耗到了今朝……有时我们就称它们为,诗歌。关于慢的诗歌(某种意义上亦是关于快的),就是关于时间的诗歌,无以计数,譬如较明显的有李清照等许多词人钟情的"声声慢",不过在这个烟花三月,我打算就沿着扬州说下去:不要总惦记着风风火火闯九州,不妨抽空读一读姜夔的《扬州慢》:"纵豆蔻词工,青楼梦好,难赋深情。二十四桥仍在,波心荡,冷月无声。"即便这么缓这么悲的调子,亦是那么真那么美。

关于二十四桥来历的传说很多,但我相信每一个桥栏旁都伫立过一位佳人。慢慢的,人去了,桥去了,扬州越来越像现在的扬州了。

2006.4

凌波微步，罗袜生尘

"凌波微步"——当初读《洛神赋》时见过这四个字，但现在把它从记忆里调出来时，打开的却是《天龙八部》这一内存，似我这般的人怕是不会太少吧。

曹植本来写的是洛水之女神，经了金庸的染指，段誉来了，女性变成男性，女神变成侠者，翩翩的神迹变成行遁的轻功……金庸的厉害就在于每每将古的物事、深的哲思引入俗常的生活之中，通过篡改而传承、延展。但至此，我只是停留于感叹有一种神采已然被描摹得无以复加！真正开始打量这四个字，是因了废名先生的《罗袜生尘》一文。

曹植原作为"陵波微步，罗袜生尘"（我手边这个版本便是陵，通凌），废名在欣赏之余有了疑问，为什么行于水上还会生尘呢？友人福庆居士（俞平伯）给出了一个说法，"正惟凌波生尘，乃是罗袜微步"，"'尘'字并不是有一个另外的意义，是诗人的想象，想到神女在水上微步，就好像想到我们在路上走路，飞起尘土来。"原来一个尘字，直指诗意和想象力。废名还进一步认为，李商隐亦认识到了这一点，有诗为证："尝闻宓妃袜，渡水欲生尘。"

似乎还不能满足，于是翻古书、阅网文，发现不少人曾议论这个尘字，因人之多，有些意思亦接近，恕我在此不便一一指出哪句话是哪位高人所言，值得庆幸的是，古人的几个字唤醒了我们如此烂漫的想象力。

问题主要集中于：在水上应不应生尘？神女应不应生尘？尘字又究竟作何解？在水上似乎不应生尘，神女亦不宜生尘，唐人李善在注解时便狡猾地说，"陵波而袜生尘，言神人异也"，一个"异"字，万事大吉；有人说轻轻触发的水沫或涟漪似行在路上生成的轻尘，闭目思忖，其景怡人；有人释"尘"为"踪迹"，"尘"是有此义的，亦大体说得过去；另有人觉得，是否这个尘字可视为水雾、烟霭，进而理解成自然元气、清辉、光华呢？的确，这么看的话，尘字平添了一种气氛，神女的曼妙与风采迎面而来……或许，有更好的见解尚未进入视野。

我个人觉得，还是老老实实释为"土尘"，如此反而最能衬托出神女"出尘"之美。亦真亦幻之美。

深知"诗无达诂"，可还是想知道才高八斗的曹子建当初究竟是怎么想的，或许他会说：那是我不小心写错了，呵呵。或是：你们说的都有道理。抑或蹍了七步，道：我指的是洛水之神翩若惊鸿、迅如飞凫，静则微步、摇曳生姿，不知不觉已然好长时光过去，自是会生了清尘，对了，就像你们这个时代摇滚歌手张楚在《爱情》中所唱："我想着我们的爱情，它不朽，它上面的灰尘一定会很厚。"

2006.4

鹊桥仙

幼时练书法,见一幅字所书为秦观的《鹊桥仙》一词,便记下了;稍长,发现七夕虽传闻有喜鹊搭桥,但骨子里是以悲为美;再后来又发现,这个节日并没有进口的情人节来得蛊惑人心,连商家亦摇头,尽管他们还是在不遗余力地推波助澜;后来的后来,有高人说七夕在古代似乎并没有那么浪漫,象征意义亦并非如此这般……中国人的爱情是最怕考证的，所以我只是闷头思忖，那"盈盈一水间，脉脉不得语"的日子会是个什么样子。

"纤云弄巧，飞星传恨"，秦观的这首词有如一局围棋，甫一出手便构成一种尖锐的凄美，一切均付予这夜色下的驻足，以及仰望——已然千百年了吧，但每年就这么一次——不能多，是悲哀的，不能少，同样悲哀；不能早，是寂寞的，不能晚，同样寂寞。这叫示众，凡是示众我均远之。然此时我真正想说的是，天上并没有什么，不过是"停"在那里的两团火，如果你觉得晦气的话，那么就换个皆大欢喜的说法：每个人均对应着天上的一颗星，每个人均是尘世的一个舞者。

这么说时，感觉真就这么回事，问题是，圣诞节只能是一天，这好理解；国庆节只能是一天，这没办法；所有儿童都赶在"六·一"放假过节，这也算了……情人是断然不应该在同一天过节的，但人们为什么连这等私密之事亦要吃大锅饭？看来，人到底是社会的动物,忍不住地要把自己塞进某一系列社会关系的总和之中——这叫时尚,而时尚的本质就是要一窝蜂。

抑或,普天下的情人一同过节,正是人类的一大开明之举。然而,我还是要向那些不过情人节的人致敬,不必去喝2·14这杯大可乐,亦不必投身遥远的七夕。

这时秦观说:"银汉迢迢暗度。"所以,我乐于补充一句,总有一个或明或暗的日子最为关键!有的父母可能念念不忘于儿子订婚那一天,因为他们听到了一个没任何血缘关系的姑娘叫了声"爸、妈";更多的人记住的是喜筵,因为那一日他们花了银子、闹了洞房,尘埃初定;还有一些人的内存只能将别人的好日子精确到年,譬如说"好像他们结婚那一年本·拉登算计了小布什"……订婚或喜酒,归根是给家族、给外人看的,真正属于自己的日子有哪些呢?这是个大问题,因为可能的答案太多了,譬如初次见面、初吻、远行、求婚、领证……朋友柳绦觉得第一回做爱最为微妙,我倒觉得某个夜晚你为了一个极单纯的目的虚报了情人的年龄与出身,从而骗过父母,直至终成眷属,这最为迷人……

一般的节日都是一些人为一个人过,如敬老节,或一些人与一些人一道过,如春节,均唯恐来者寥寥;只有情人的节日崇尚单挑。

秦观是这么说的:"金风玉露一相逢,便胜却人间无数。"

七夕之美,美就美在保持了天空和大地的对话,很天真浪漫,很无厘头,很无奈,很美……结合在一起就是爱情。爱情最集中地体现了人生的悲欢离合——悲与离,约定俗成;欢与合,似是而非。纵然"柔情似水",终究"佳期如梦"。

抛开商业的怂恿,所有的节日均是为了表示一方的忠心,就这一点而言,情人节(公开的,以及私密的）比母亲节、劳动节要稳固，因为情人间的忠贞度最高，至少看上去最高。

秦观最后说道："两情若是久长时，又岂在朝朝暮暮。"聪明的后来者易之为，两情若是久长时，就要在朝朝暮暮。于此我无言，只是觉得人间的事大凡如此，背道而驰的两极往往指向同一点，就像秦观的"忍顾鹊桥归路"，实为"不忍顾鹊桥归路"（怎么忍心回头看），就像这"鹊桥仙"，实际上无鹊，无桥，亦无仙。

2006.7

零落一身秋

叶落,不是上海这个城市之秋的主要景色,尤其不像北方温榆河畔的家乡,叶子红的红,黄的黄,奔往极致,付与西风。所以,我并非通过视觉,而是通过身体感觉到此城之秋的到来——人实在是很可怜的生物,就在几十度的狭小范围内存活,热了不行,冷了亦不行。眼下,气温稍稍低了几度便要披挂整齐、煞有介事了。

与春的绽放、夏的热烈、冬的遮蔽均不相同，秋是一年中最具断裂感的一季，风向高处飞，果实向下落。断裂源于成熟，更源于收割；源于播种，更源于腐烂……可惜这越来越像是一个模糊了的喻体，被印进了课本，被寄存在大地的一角。

秋天，是一座屋宇，供人栖居，想象与离合。"悲哉，秋之为气也"……悲秋几乎是埋伏在中国文人血液中的一个病毒，夺目的不是它的定时爆发，而是它的自我升级，以及自我抚慰。

我对一个季节的期待很简单，一是干净，二是干脆。干净，就是无论你热烈还是惨烈都请来得更直接更猛烈些，有私心很正常，但不要有杂念；干脆，说到底就是无情——见有人说最深刻的思想是绝望，我不觉得多么精准，但是很喜欢。秋天满足了我的期待。一直不能切实理解的是，古人为什么喜欢于秋日登高？依我看来，秋天是一个向下的季节，而春天才是向上的，如草长莺飞，如花绽叶茂。或许，秋之美，在于它能稳得住超拔的一切，并能接得住荒凉的一切吧。

如果说秋天是被风带来的，那么也是被风带走的。秋天是个不解风情的季节。在秋天，你找不到最后一片落叶——你又几时曾找到第一片落叶？

"春天是风/秋天是月亮/在我感觉到时/她已去了另一个地方/那里雨后的篱笆像一条蓝色的/小溪"。你看这些诗行的时候，是否感到一个女孩子正断断续续地走来，她有些忧郁，有些迷离，她向你走来，然后不见。她来时是春风，等你意识到之时已然秋日。看这首诗的时候，一句宋词就像一场雨飘洒在眼前，"零落一身秋"。情境并不很吻合，但它硬是到来了。文言的魅力，除了简明，很多时候源自词语的组合方式，无视什么主谓宾定状补的法则。它们需要的是会意，而不是解析，诉诸的是内心，而不是大脑；它们是瓷器，一碰便碎，但自身是最完美的，是火与土的精魂。

零落一身秋。这种美无凭无据,这种美拒绝翻译。美得自负,美得凄凉。

2006.10.25

我醉欲眠卿且去

我一度戒酒，朋友柳绦引用某人的话说：连酒都会狠心戒掉的人，要么太神奇，要么太无聊。我无疑属于太无聊的那一类。后来经受不住诱惑，破了戒，出尔反尔，愈发无聊。

"李白斗酒诗百篇"。酒是粮食的精华，关于酒的诗歌是文字的精华。不过，酒着实能带来如泉的诗思吗？或许能，或许不能；或许对别人能，对你则未必。

"对酒当歌，人生几何"（曹操）、"相逢意气为君饮，系马高楼垂柳边"（王维）、"莫思身外无穷事，且尽生前有限杯"（杜甫）、"明月几时有？把酒问青天"（苏东坡）、"三杯两盏淡酒，怎敌他，晚来风急"（李清照）、"酒入愁肠，化作相思泪"（范仲淹），"醉里挑灯看剑，梦回吹角连营"（辛弃疾）、"有酒有花翻寂寞，不风不雨倍凄凉"（黄仲则）……句句皆妙，但我此刻最心仪的还是李白的诗行——我醉欲眠卿且去。

酒的好喝在于它"难喝"，还在于它容易附会。人类一路走来，养成了附会的恶习，明知是附会，还乐于听之、传之，一来二去，便真的像那么回事了。诗人、艺术家如此，凡夫俗子亦然。

酒精有如一匹骏马，在人类中间寻觅一名骑手。

我们的身体里都留存着先人饮酒的因子，纵是女子，不饮则已，一饮便往往不让须眉。酒堪称尘世间最为雅俗共赏者。

酒后吐真言，酒把你变成你的敌人，你的泄密者，你的知音，你的死党。酒解百愁。酒如性爱。酒在关闭你的器官的同时开启新的闸门。

饮酒是一种告别，一种挥洒。饮酒创造了佯狂的契机，仿佛分身术，又仿佛隐身术。

与酒同行，如梦，如幻，通神，通灵……最终有了魔力。就像睡眠最接近死亡一样，醉酒亦指向死亡。死亡是生命的一部分，死亡体验却是所有生者均无从言说的，醉酒某种程度上提供了这个高度神似的体验，鬼使神差，欲仙欲死。

我醉欲眠卿且去。据说这一诗句源自陶渊明的故事，此公与友朋对饮，若自己先醉便会自说自话："我醉欲眠，卿可去。"

这诗句还意味着一种寄托，一种美丽的轮回——李白将陶渊明的话稍作改动后，添了个下句：

　　明朝有意抱琴来。

2006.12.30

· 断续

一次晚餐时，两个小姑娘向我力荐梁漱溟晚年的答问实录——《这个世界会好吗》。时尚女孩怎么会喜欢这一逝去多年的老头子？回来后上网浏览，发现这着实是刚刚过去的一年里颇易被忽略的一本好书。

梁漱溟有"最后的儒家"之称，他是一座山，高得分了四季。故事与事故太多，无须我多嘴，这里仅提他的一段话,类似意思先前便说过,在《这个世界会好吗》里是这么讲的:"相似相续,非断非常。"生命本来就是今天的我跟昨天的我相似就是了,前一分钟的我跟后一分钟的我相似就是了,早已不是一回事,这就叫"相似相续",连续下来,不会断,非断,非常,常是恒常,不是一回事,早已不是一回事。人都是如此,生命都是如此。

我喜欢这个佛家的"断续论",关乎轮回,关乎智慧。听了,不免胡思乱想,渐离佛家本意,生出俗念:很多东西不是以其凛然的存在与我们相知相守,而是以其死亡、消逝、断裂、散佚触动我们,直至永存于我们心间。就像梁漱溟的这本书,通过腐败的饭局偶然进入我的视野,但在我眼里已是另一本书另一层意蕴;就像人生不过是一颗子弹刺入了春风之中,很快就要坠落,但还是要呼啸而过,有人惊恐有人笑。

一生一世的趣味往往彰显于那断续的刹那：衣服引起你的注意是因它掉了一颗扣子，湖面吸引你的目光是因一条鱼打破了它的平静……医生的说法是，当你真正意识到胃的存在之时，你可能已患了胃病。

生命是空的，就在这断续之中，断断续续便有了一切。李煜说："深院静，小庭空，断续寒砧断续风。无奈夜长人不寐，数声和月到帘栊。"海子说："她走来/断断续续地走来/洁净的脚印/沾满清凉的露水//她有些忧郁/望望用泥草筑起的房屋/望望父亲/她用双手分开黑发/一枝野樱花斜插着默默无语/另一枝送给了谁/却从没人问起。"

"断续寒砧断续风"，这就对了；"另一枝送给了谁/却从没人问起"，这就对了。

风继续吹，你已不是你，你断续而来，又断断续续而去。你已远离昨日，但一匹马还在那里衰颓，那也是一匹妖娆的马；你尚未抵达明天，但一颗灵魂已在那里静候,那也是一颗孤寂的灵魂。所谓日子,就是好好地去浪费一些东西。浪费了再回头,看了看,哈,不弥补也挺不赖的,继续浪费。千万年来,大地不就是这么浪费着天空吗?

2007. 1. 17

一星如月

一星如月。初读这四个字，应是在一篇文章的引文中，很是喜欢，接着往下读，"一星如月看多时"。于是去查它的底细，刹那间仿佛闯入一幅画："悄立市桥人不识，一星如月看多时。"这"悄"这"不识"，这"月"这"多时"……容不得你不去通观全诗，余下的前两行为："千家笑语漏迟迟，忧患潜从物外知。"诗的名字是：《癸巳除夕偶成》。

有哲人举过一个例子,大致是这样的:说"他死了"固然感人,但没有说"他死在沙场"来得形象有力,说"他为了民族的荣誉战死沙场"则尤为撼人……说来说去都是一个人死了,然境界迥异。那么,一星如何如月?如月又如何?须知,除夕一般是见不到月亮的,除夕还应是团圆的,热闹的,欢天喜地的,至少也要强颜欢笑的。而到诗人那里全变了——漏迟迟,忧患生——他叫黄景仁,字仲则,生于1749年,死时34岁,尚来不及像但丁那样在"人生的中途"(35岁)迷失于"幽暗的森林",而终其一生又何尝不是在这幽暗、这森林之中?

黄仲则学的是谪仙,但要比李白苦得多,他或许更接近李贺,都有着天纵之才,都有着抑郁之情。寒风吹雪,盛世隐患,我此时几乎看到他行走于江湖,白衣轻舞,穷途当歌。

里尔克说:"谁此时没有房子,就不必建造。/谁此时孤独,就永远孤独。"黄仲则便是一个孤独的行者。纵然少小得名,终究怀才不遇;原本是古道热肠,偏又要冷眼旁观;好端端剑胆琴心,却只得冷月葬魂。

一星如月。有些天文知识的人明白,那颗星可能已死去千万年,所见不过是它在茫茫宇宙中奔跑的光,无家可归的光,死光。但就是这光令你看多时,甚至暂时成为你心中之月。事实上,月亮靠反射日光唬人,随便的一颗星又可能比月亮大,只不过月亮离地球近,而人们又愿意把这一悬在空中、无依无靠的近邻好生相待,给她种棵桂树,给她派个嫦娥,给她神秘。

忧患生,千家笑语;抬头望,一星如月。我喜欢仲则诗中那种天才的直接性和自我放逐,在孤之外,有着傲;在凄迷和落拓之中,有着清朗和瑰伟。不知为何,他的声名至今亦不甚响亮,但是他去也,"十有九人堪白眼,百无一用是书生。"

　　戌狗随风,亥猪拱门,千家笑语,又是一度除夕。所有的聚会终不过是一片狼藉……此时想起他,因为他叫黄仲则,因为一星如月。

2007. 2. 10

事了拂衣去

　　前面两句是：十步杀一人，千里不留行。后面一句为：深藏身与名。

　　语出李白名篇《侠客行》。之所以想起，是因了《大唐第一古惑仔李白实录》一书。此书甫出，争议四起："想出名想疯了"，"开涮古人炒作自己"，"诗仙怎么就成了'古惑仔'？"作者檀作文的身份亦属微妙：北大博士、首都师范大学讲师。

后来，据说校方领导找他谈了话，他便道了歉，删了博客上所有关乎李白的文字。朋友柳绦还曾欣赏这个人，闻得此讯遂觉得尚不是一个狂且勇的古惑仔。不过，又能怎样呢？柳绦说，无他，事了拂衣去。大不了辞职走人，咱不玩了。毕竟，书出了就是出了。事情自是没这么简单，却也没那么复杂。

如果，一本书就能遮蔽一所大学的形象，这所大学也够脆弱的。如果，一个古惑仔就能遮蔽诗仙的英名，那李白早早便湮没无闻了。我相信，李白在某一时刻着实是有些古惑仔的，当然无论他这个人现实中曾怎么样，他的诗歌最终超越了这一切。而红尘滚滚，真正的古惑仔总是不易做的，无论是神往大侠客，还是就做一个小混混。

  十步杀一人，千里不留行。
  事了拂衣去，深藏身与名。

前面的猛锐痛快,都不及这个"事了拂衣去"来得通透,不过并非谁都会"深藏身与名"的。

当初高中毕业时,兄弟姐妹们相互留言,本子厚厚的,字迹满满的,真实得很幼稚,很嚣张。我的本子在外面流传了几日,归来后,上面便涂抹了诗仙的这些诗句。留言的是一个少年。他的字很有几分霸气,这么说还是虚了些,索性描述一下:字很大,破行而出;很用力,但并非力透纸背;再有就是,笔锋如雷雨天的树枝砸下来,突兀而扎实。

我与此人并不是很熟,他生在军队大院,高高大大,虎头虎脑,非我族类。离别时分总是会暴露人的本性,你自认很铁的哥们说的话往往烂俗,许多淡淡之交却语出惊人,甚至有些肉麻。多年后,一次在旅途中,瞥见杂货店里的电视正在播金庸的《侠客行》,忽然便忆起了这个风中的少年。于我而言,他也是,事了拂衣去。一直定格在十八九岁的那一页纸上。

侠者还有言:"托身白刃里,杀人红尘中。"柳绦的歪论是:人来世上一遭就是为了"杀"一个人,好的,坏的,男的,女的……最终绝大部分的人"杀"的是自己。

事了,拂衣去。

2007.8

隋炀帝因书入梦

闲来无事,读《太平广记》:"武德四年(621),东都平后,观文殿宝厨新书八千许卷将载还京师。上官魏梦见炀帝,大叱云:'何因辄将我书向京师。'于时太府卿宋遵贵监运,东都调度,乃于陕州下书,著大船中,欲载往京师。"下面还有一句:"于河值风覆没,一卷无遗。"紧接着又是一句:"上官魏又梦见帝,喜云:'我已得书。'"

大致说的是，唐人准备将隋朝的书从洛阳运往长安，有个上官魏梦见了隋炀帝，这个已亡国亡身的帝王叱道：为什么把我的书运到长安去？

运书走水路时风雨大作，船覆，书一卷也没留下。这时，上官魏又于梦中见隋炀帝高兴地说：我已复得了我的那些书。

其实底下还有一些意思：隋炀帝爱惜书籍，虽然堆积如山，但一字一卷也不许外流。待他死了，上天垂怜，才这么做的。

家中没有《隋书》，一时查不到具体对应的史事，上网搜到"中国国家藏书编年史"一文中有段引文：武德五年（622），平王世充后，将隋东都洛阳嘉则殿之图籍和古迹收为唐有。"命司农少卿宋遵贵载之以船，溯河西上，将致京师，行经底柱，多被漂没，其所存者十不一二，其目录亦为所渐濡，时有残缺。"梦与本事往往有变形，暂放开史实与演绎的问题,炀帝两次进入同一个人的梦,均关乎书,着实好玩。

一般人眼里的炀帝,残暴且淫。但其诗甚好,风轻云淡,多愁善感。多年前我喜欢这一首,"暮江平不动,春花满正开。流波将月去,潮水带星来";而今心仪,"寒鸦飞数点,流水绕孤村。斜阳欲落处,一望黯消魂"。诗人,暴君,呵呵,历史是个魔法学校。

公元618年,隋炀帝在扬州被杀。不久,李渊称帝,年号武德。几年后,隋炀帝进入别人的梦,因为他的书没了。之后,他又进入这一人的梦,因为他重获了自己的书。

书被抄没,意味着一个人或一个王朝的知识、历史以及话语权的被"接管"。隋灭陈时,亦曾"收陈图籍,归之秘府",不少朝代皆如此吧(被接管的往往还包括皇帝的老婆们)。然就我目前有限的视野而言,仅发现隋炀帝的入梦以及在梦中的言说。

遥想，秦也是一统天下，也是两世而亡，秦后为汉，隋后为唐。强汉大唐，亦文亦武，何其辉煌。

有人焚书，有人梦书，永远可疑的是著书人、读书人。

2007.9.7

雨细未沾衣

一对情侣分飞。

圣诞夜赴他们的约。对她,我说你对不住人家。然后,又对他说,你太委屈了小姑娘。两人均笑,我又说,散了也好,他们又笑,好像只是一个漫长的彩排终于来至尽头,导演虎着脸说,你们的节目毙了,失落总是不免,但亦释怀,侧过脸去看着别人一个个粉墨登场。

他们相邻而坐，宛若新婚燕尔，他说一句会看她一眼，再自信满满地转向我。

他们相逢于一片春风，那一日朋友柳绦亦在场，柳绦说他们的故事仿佛从一句诗里跑出来的，"风轻不动叶，雨细未沾衣"。很清丽，很神伤。

我一直本能地不看好这二人，每每当面打击。喜鹊们欢聚的时候，我总是扮演乌鸦的角色。在我的打击之下，静美的她和不羁的他一路凯歌高奏，我渐渐反省自己是不是错了，至少愿意相信自己错了……而今噼里啪啦地来到这一时分，其间布满漏洞与空白，但我无从弥补，因为不知该问他还是她，真的开了口，又从哪一个夜晚或正午谈起？

"美人如玉剑如虹"，终落得"两相思，两不知"。个中该消耗了多少相知，多少潇洒，多少豪迈。

结尾是个聊胜于无的游戏：如果自一生中抽去一年，会是哪一段？他说2007，她想了想，亦点头。这是他们最美丽的一年。这美丽将 2006 和 2008 断开。他的 2006，她的 2008。

她成为他上半场的一次"走神儿"，他化作她青春的一次闪电。把酒言欢，一瓶又一瓶，好似什么亦不曾发生。雨细，未沾衣。

离开上海时，他赠我以自己的摄影作品，一幅是一个农家姑娘走在山野之间，一幅是十几个喇嘛的背影。他多次深入西南，一去便是数月，甚至过年也不回老家。他是个有山有水的人，摄影好，文字也好，我一直期待他能出一部震撼的人文摄影集。但来上海的这几年，他似乎变了，陷于俗事，假装忙得要死或真的忙得要死。我曾当面批他：你的梦折磨着你，而你就快成为十丈红软的俘虏了。已忘记他是怎么回应的，是她清亮的眸子化解了一切。

有些事情迟早会到来。我收起他的作品，这个我来过多次的房子，桌上椅上床上柜子上架子上的书,全部理毕、封了箱,房间也已打扫得干干净净,转眼便将空空如也。

我开始涂抹这些文字之时,她已踏上西去的列车,他不日亦将远行。他们均不会得见此文,他们久留此城亦未必看——主人公永远在故事之外。

后来,因了他的一通长途电话,我找出此文。她已婚,他新的恋情也在展开,如今的这个小姑娘也比他小十几岁,正跟他重启几年前搁置的拍摄计划,预计需要三四年……

所有过往与美好,能被写出来的只是皮毛、枝节,永无法放进字里行间的都被他和她们带在了各自身上。不知是不是因为人们有这样那样的缺陷,世上才有了太多未知的爱情、未酬的志向,和未竟的书卷,但是,我依然爱着这些未知未酬与未竟。

写于2007,后感慨于文中情侣的生活变故而作了修订

蓬莱清浅

近日宿友人家,我这等俗物尚在关注什么诺奖茅奖,友人则以不读书不藏书为豪。不想,却叫我在橱柜中寻得《威尼斯日记》和《闲话闲说》。我已打定主意,走时顺手牵羊。正寻思之际,又见宋词一卷。闲来翻看,随随便便一首便好得不行,且作者名号无须如雷贯耳,经典就是经典。唐诗亦如此,王之涣,端的大手笔,可就那么几首存世,阅其全集再便捷不过。又如崔颢，一不小心亦会令李太白眼前有景道不得。

这部宋词收有一首《临江仙》，毛滂的，上阕：闻道长安灯夜好/雕轮宝马如云/蓬莱清浅对觚棱/玉皇开碧落/银界失黄昏……

不料这一片人间仙境，所迎来下阕第一句却是：谁见江南憔悴客。

扯远了，就说这蓬莱清浅，真是好，夹在人生烦扰之中尤显生动。一般认为，此四字源自晋葛洪《神仙传》："已见东海三为桑田，向到蓬莱，水又浅于往昔，会时略半也，岂将复还为陵陆乎？"不过此处所言为浅，尚非清浅。我读古文有限，清浅可是来自李白："乃知蓬莱水，复作清浅流。"表面看去，蓬莱清浅尽是清丽、玄迷，联系葛洪典出与太白诗行，原来讲的却是沧海桑田，别有一番滋味。事实上，东坡居士也是深谙蓬莱清浅之人。

小憩，收到友人胡圆的长文一篇，写的是入山访寺所见，茄子有无，竹林雨霁，劈柴，打坐，有来龙，有去脉，甚是惬意，较之，记者果真不是人。

另有牧兄，欲到成都郊外置小宅而居，到底有过大都市的腐化史，久久未决。真想搡他一把，此去要趁早。

念及弱女子安，某一日偶遇，倏地一转身，道，看。原来恤衫背面手书了几个字：到云南开一家客栈。这等小资的想法，竟在那一刹那令我怦然，践行与否已无所谓，花花世界，心底有这般一滴墨便是美好。

继续翻阅，毛滂居然另有一首写到蓬莱清浅。《清平乐》：天连翠潋/九折玻璃软/回抱金堤清宛转/疑共蓬莱清浅//吾君欲济如何/唐虞风顺无多/自有松舟桧楫/一帆三代同波。

坦白讲，有的地方并不明了，譬如九折玻璃软究竟何意，再比如一帆三代同波，简单之极却又邈思无尽。看来，阅览诗词囫囵一些并不太坏。

　　仙境蓬莱，诗词关乎者铺天盖地，这一刻，一个清浅便是一切。尘世烦扰，人只能守住自身，或连此亦不大可能。蓬莱清浅，变幻万千，人总是不自由的，只图个小小的自在。

　　友人道，你不知道吧，词人柳永也讲过蓬莱清浅。一想到这一才子，除却风流，便是悲情。此人一生是一部奇书，讲不完，只说说最后一幕，记载不一，最最蓬莱清浅的一说是：死之日，家无余财，群妓合金葬之于南门外。

　　浮名低唱，歌妓泪聚葬诗魂，唉。

2008

明灭

  小说《原谅我红尘颠倒》,糅有一段禅宗公案。魏达与僧海亮聊至深夜,起身告辞,刚下得楼便断了电,满山漆黑,只得回返。此刻,僧海亮正燃起蜡烛。魏达于是说:"师父,外面太黑了,看不清路。"僧海亮闻言笑了,却又忽地一口吹灭蜡烛,于黑暗中道:"去吧,现在外面不黑了。"

  如此这般的故事听罢,心中有什么,自将意会什么。

这一公案,《五灯会元》载为:一夕侍立次,潭(龙潭崇信禅师)曰:"更深何不下去?"师(德山宣鉴禅师)珍重便出。却回曰:"外面黑。"潭点纸烛度与师。师拟接,潭复吹灭。师于此大悟。

我所见的两个版本,均是到烛灭为止,已然大悟,接下去还有几句话,却并无小说中那一语,"去吧,现在外面不黑了"。意思看似说开了,亦可能说窄了。

于此公案,据说圣严法师和李泽厚先生等均有妙论,只惜手边无书,不知其详。所闻所见的领悟,约略几种:一说灯烛固然可带来明亮,夜却依旧是黑的,不会改变,唯有自身通透亮澈,才可超拔于黑暗;一说烛可以视作权威、偶像,不过什么样的权威、偶像亦不可简单依傍;一说要去除执著心,光亮虽好,亦不可对之太过执著;一说见到光亮是见,见到黑暗也是见,见、未见以及所见究竟为何，无不是心性；一说，明暗、好坏、优劣，无不是人的区分，万事万物本身并非这般截然；一说关乎有无、生灭；小说中的魏达则得出，一切无非骗局，黑夜茫茫，你不能指望和尚发光，他自己也只有一根蜡烛——魏达果真不是什么益鸟；我的朋友柳绦的看法是，烛与夜、明与暗，均不过身外之物，溯其源，一片混沌，正好从头再来……

终究，德山宣鉴堪称龙潭崇信的出色传人。其实，龙潭崇信开悟的过程亦妙得很。

原来，龙潭崇信跟随道悟禅师的时间不算短了，却不见心传，这么想便这么对禅师说了。道悟禅师道：我不曾指点你吗？你端了茶来，我便接了；你送了饭来，我便受了；你致了礼，我便回礼。我何尝不向你指示禅机呢？龙潭崇信听罢低头沉思许久。禅师又道："见则直下便见，拟思即差。"（可见苦思与顿悟和禅的距离）龙潭崇信这才开解，又问何以涵养与伸展。禅师曰："任性逍遥，随缘放旷，但尽凡心，别无圣解"（明白如话，直指心性）。

公案浩渺，一想到德山宣鉴和龙潭崇信开悟的过往，我便快活。

自性佛性，众妙所妙。

2008

辑 三

· 致

一

东方海涛*:

我这个人挺怪!？寄出信后，并不期待回音，一旦收到复信便欣喜若狂。（上帝啊，你欠我几封信?！）

凌晨四时我被梦与情人掏空；洗脸刷牙，我坚信阳光将照遍我的全身；走在大街上，我"目中无人"，我明白，这里昨日是玉米和稻菽，明日将是美酒，在此之间，我为万物大醉；我醒着走向世界，这个"老头儿"根本不曾发给我以请柬，当然，他更不曾拒绝我，于是我来了；天变，我的心情未必变，我像黄土和小草一样无法也不愿离开大地，我仰望长空，更多的是为了扎根更深——我心里清楚，更高的地方住着神和子孙；在每一天里，我的心情是大起大伏的，这是见过大海与登过高山的人的共识——他们不愿告诉你；在大喜大悲的时刻，我总将刀持在手中，又移到心头，最后让刀上升！

我是个糊涂的人，没有我受不了的苦，而我却享不得太大的福。真的，欢乐与我无缘，我生来就乐观，因此稍多的欢乐会将我压垮。真的，还没人真正了解我，那么请火速到来，你来，你便是第一人。刘江涛是绝无权力让这第一人失望的！

大哥，我不知该用怎样的语气说以下的话：在家中与学校，我判若两人。我该怎样解释啊，我又能怎样解释？高歌一曲"月是故乡明"吧——我还是我！"我比悲剧还要悲痛，/但江涛已冲入了子夜"。解释是难的，解释自己又谈何容易！

此刻，像你一样，我不想被别人打扰，我想大哭，要知道：一个人时，大哭多么重要！这本色的自强的泪水——绝不会被懦夫看到！此刻，我更想听到笑声，人只有在被笑语所包围时，才不易辜负天堂。此刻，我最想退出这个世界，让出一片干净的空间，任它赤橙黄绿，任它悲欢离合，任它诞生一个新世界！

此刻，我艰难地走着，一语不发地走着，当然也危险地走着。让我们祝福悲剧吧，祝它爆发出翻天覆地的力量！

我想就此搁笔了，可心中的我又想说些轻松的。我感谢他。我变了，但自小便养成的那冥冥中的信念一直萦绕在心头。毛泽东曾说：与天奋斗，其乐无穷。……要知道那推动生命奔腾者三生有幸！他们没有奢侈的目的，但"奔腾"构成永久的方向！

你看，我不知该怎样平静下来。还是让我对你的诗说声"谢谢"吧。英雄的"有良心的狗"啊，请放轻你的脚步，猜一猜你淘气的"狼孩"在哪里？

他在这里！你的弟弟在这里！

他正走向末日，走到末日之后的日子——等你。

你要带上她，你们要手拉着手，你们要带上我的儿子，你们还要带上花儿和宝剑，或笑或泣或者一语不发，这由你们自己决定……

聪明的人儿啊，如果你都记住了，我何必再啰嗦呢？

弟：江涛

1995.9.1 晚

二

大哥:

"雷来了

他在远方徘徊……"

清晨起来,独对这空荡荡的院落。虽不敢自比李白,但还是想到那两句话"眼前有景道不得,崔颢题诗在上头"。

我是由衷认为你那两句诗是横空出世的,却不禁有些酸楚,一种欣慰,一种可惜。当我们还是个孩子时,每句话便都变成了诗,而今天,我们为什么无力重拾这天赋与本色,痛哉!?

我曾说过:越走越远/这就是路。

此刻看来,已是何等无奈,何等清楚。难道就不能说一些，不，难道就不能做一些更恢宏、强健、开拓性的事了吗？急于答复，同样并非上策。那么，让一切都到来吧，人类与大自然所赋予我们的一切，我们都要为"她"坚守并再生。我相信：这如同血与魂灵，绝不遥远！

这是个拒绝诗的时刻，我偷偷续上以下两句："大地啊/你总与众不同"。

它是否合你心意，又是否与你的诗匹配，并不重要。相反，这仅仅是个开始，——生活有更多的话要说。

弟：刘江涛
1996.8.11 晨

* 东方海涛和第二封信中的大哥，均系刘海涛。

命运

这是一个不同以往的世纪末,就文化和纯艺术而言,近两百年的现代主义和后现代主义所做的并不足够多;以"五四"新文化运动为代表的中华文艺复兴也显得短暂和薄弱;以八十年代诗歌为先锋的"狂飙突进"则有些机械,并缺乏本色和深远性;近年来的校园文化也渐渐沉寂了……虚妄与虚无遥相呼应并碰撞着,静悄悄地"胜利"了。也就在这个机器连灵魂都要复制的时代,有两个字日益像商品般流通,为人们所漠视,而它无时不在迫使每个人做出选择,这便是——命运!

在命运面前,沉默并不比高谈光彩多少。谁不曾是血性青年,谁不曾充满幻想,充满抗争?如今,"英雄"和"健康"无言而去,只留下生活中一一就范的人,和可怜的期待。我不禁想问,我们久久期待的不正是我们自己吗?我们是我和你们!让我们再道一声"黑暗是永恒的,而光明/必须运行"。这就是《命运》的困境和诞生。

我们所面对的是九十年代的复旦园。

复旦确实辉煌——这和今天关系并不很大,不过,如果说复旦目前的学生刊物太少,那就偏颇了。关键就在于如何发扬已有的办刊热情,摈除掉那种旗帜暗淡、感情泛滥的不足,使创造力凝聚,使影响深入人心。《命运》愿脚踏实地干以下事情:以艺术为主体力量,并特别注重艺术理论的建设，希望最广阔地融合自然科学、社会科学和社会生活，成为一个艺术的论坛，生活的论坛。

《命运》要想独立而独特地走下去。

第一，就是要摆脱中国知识分子几千年来所沿袭的臭架子、小趣味、门户之见和不彻底性。当今世界，经济、政治和文化都在加速分化、组合着，人几乎成为专业化的动物，谁都自以为掌握着真理，瞧不起他人，孤立着他人，城墙越筑越高，每人都像空城之王，又都徒有悲欢。这时，"民众的大联合""知识的大联合""艺术的大联合"就越来越重要。而众多的小联合则是必不可少的，于我们便是复旦人的联合，青春的联合。联合也就意味着沟通和交流，趁年轻，为自己，为老一辈和更年轻者之间的沟通传送力量，这太有意义了，因此，联合与沟通是《命运》的方向。

第二，联合与沟通需要真诚。来真诚，去也真诚：批评真诚，自我批评也要真诚；沉默真诚，笑骂也要真诚；说话真诚，行动也要真诚。真诚终将还真实以力量。

第三，深入浅出。"用中国话说心里话"道出了真诚是和深入浅出相配合的。作者心想，口说，笔写，读者所感以及作者思想的实质，这五者间颇有距离。因此，深入浅出就更难能而可贵。

第四，不拘一格，大胆创新，力求坚实。《命运》愿像拿破仑所说的那样"为才能开路"。望每位撰稿人都能挑战自己，并以强有力的坚持对自己和读者负责。

最后，我们愿以第五点：健康，来结束全文。健康将决定《命运》的命运。对实际撰稿人来说，健康可理解为毛泽东所提倡的"文明其精神，野蛮其体魄"的狭义内涵。愿每个人健康地创作，也健康地生活。就整体而言，健康应是对近两百年历史的艺术进行探讨与重估。这是一个不同以往的世纪末。这是一个走向健康的过渡时代。正在到来的绝非一个简单的二十一世纪,而是一个崭新的纪元,自然科学、社会科学和文学艺术无不如此。而归根结蒂是如何艺术地思考一切,并艺术地实践与生活。

命运劈开生活和艺术,《命运》要将二者统一并融合。愿我们以《命运》为论坛,一步步走近,走向广阔与宽容,开辟出健康的新天地。

1997.6.4—9

注:这是为我和胡腾共同主编的《命运》所作创刊词。此杂志后易名为"声音"。

天平上多余的一克

艺术的根,不在虚无之外:在最真诚的时候也无法攥住一个词语,而提起笔的那个时刻已永远逝去。

去年的此时,这本民刊便在路上了。录状态,记行动,探心路,刊物似乎不断挑剔着自己,寻找着自己,此刻来到第一站。

一年。一本册子。一些延宕。一丝欣慰。

尽管希望朋友们别总局限于校园，最好赶快到社会的边边角角和腹地中去摔打自己，但依然对费心力颇多的郑力烽表示欣赏。辛苦了，兄弟。这里有股子"恰同学少年"的劲头。

准确而言，我参与访谈只想记录点什么。是的，记录。但总觉得真实似乎在诉诸文字的刹那稀释了，或许在讲述和倾听的过程中便已偏移。这几乎是词语的本能，但说到底是人的不幸，"就像身体里的一根肋骨劈裂了，痛，但不见血流出来。"只有自己创作（创造）的东西才是最真实的。这种想法由来已久，近来更加显著。就我有限的视野而言，所有被采访者都尚未创造出真正重量级的作品，甚至还在犹疑与徘徊之中。——这个凉水我要泼！好在，被访者中最长者也不过 27 岁，来日方长。

如果没记错的话，只在同济门口的小店里和王东面对面过。这是个聪明人，影片《行走的日子》

的后期制作他着力最多。如今，他出入于德意志的教堂和电影课堂之间，对上帝与电影都体现出虔诚。可惜，很久没看到其新作了。接着他的话"上帝身上锁着所有人性未解的奥秘"，我想说，所有努力能首先给自己一个出口便足矣。

因和毛晨雨同处过一年，乘天时地利之便，隐约看到了他从相对闭塞走向相对开阔，从较玄乎晦涩转向较现实较生活化，从对塔尔可夫斯基的虔信模仿到对罗伯特·布列松的尊崇……楚文化或者说传统的力量在一点点进入他的视线与作品，不知这次神农架之行是否能成就一个好作品，一个新起点。他是朋友中经历最波折的几个人之一，他的不利因素和他的执著同样明显。在这里想借罗伯特·布列松之口对他说，"摄影机是观众的眼睛"，"用实在修改实在"。

不易描述的是张学舟，商业气息较早地走近了他，不知是好是坏。不过，他的一些诗多少在修正着他的行为。"森林里有一块迷路时才能找到的空地",特朗斯特罗姆的话耐人寻味。

坚韧,早熟,话不多,在自己顺手可以摸到的白纸上写下黑字,这是张志明给我的感觉。他拒绝了访谈,只展开一篇小说。或许,这就够了。

喜欢牡蛎与别样的飞翔,这就是施兴海,受访者中唯一的复旦人。和他的相识很偶然,起初发现这家伙太年轻了,后来感到他做事挺踏实。其诗像在水里扔根钉子,有些小浪花跳出来,但内在是间断了一下的,痛的。

80一代的邵磊活得很自在。就同济而言,他的作品似乎更接近严峻的路数,但又很不同。这小子的鬼点子大家已领略不少,该拿点大作品了。对,拿作品来!

把尚在途中的文字和影像书写者放倒在纸上,多少有些冒险,却因此平添趣味。

由于敏感,天平的一侧多了一克便会倾斜。但这种变化带来新奇与可能。

青春百无禁忌，每件事都可像对待爱情那样放肆地去做。而就总体而言，艺术是场持久战，可以享受其中的甘苦，也可以中途退场。路遥知马力，总有一些人会不甘平庸，敏锐探寻天平上多余的一克，适时打破常规与平静，并干脆自己就去担当这多余的一克。

行文至此，觉得汗颜，这几年来，为了一些自由，自己已丧失了很多自由：

> 在一首诗和一首诗之间，我不是另外的诗
> 一个简短的转行将耗费一生。

既已上路，只得快马加鞭。

2003.9.8

注：这是为郑力烽创意并与黄德海、卞传强以及我合编的《空间》杂志第三期所作的序。

有关顾城

没有结局。我不知道该从哪儿开始。

谈诗是不明智的。总有过多的激情和不灭的个人取向。

顾城……

我二十一岁时痛苦地摸到了新诗（*决计皈依新诗*）。源于爱情，源于盲目的自信，源于冥冥中对生之伟大的热爱……

足有一年，仅读了你唯一的一首诗，当 H 君问道：此诗何以名为"一代人"。我脱口而出"那是一生的十年"。我还能怎样理解你？

顾城……

他们说你是大孩子，生活在童话中，我告诫自己：童话最是成人写的！我再次告诫自己：顾城是本性上的诗人和人。住在纯净而深刻的精神里。

我基本上是从第三代诗人起步的。准确而言，仅海子。这也就够了。把你二人作对比是悲哀的！不对比同样迂腐！我不想呐喊或曲解，我无意沉默或冷峻。面对死亡，我写下：你们都纯洁，都是大自然的儿子，都是中国艺术史上少见的为诗、情和真而牺牲者，这是你们的不幸与幸。而海子更多宽阔、深远和坚决。他并非"农业诗人"，他站在两极，"站在太阳痛苦的芒上"，他想把自己像拔钉子一样从历史中拨出来，去摧毁并重建这个世界。他是最现实的理想主义者。而你对今天则有失远见，言行中更多的是天真、任性，痛恨而不热求变革。海子更注重"革命性"地对家园和新生（自"麦子"、"土地"和"少女和水"、"村庄"、"草原"、"母亲"等均可见）的渴望、回归和求索。是动态的、激烈的、探求式的，当然也是批判的。你则平静，甚至让人觉得在热爱之外，暂忘了什么。你甚至对自己有所误解。海子的艺与思是浪漫、奇绝而独创的。"宜人"而醉人。你却细小、短促，有待突入史诗、大诗的宏伟使命和庄严命运。本色上，你们都带有浪漫的古典主义理想（我也在说自己），同样用血冲击极限，扩大极限。海子是庞大而统一的。你一两千首的诗篇却让人感觉少了些什么。你熟悉很多角落，它们带给你以诗，带给你和诗以苦涩。海子努力去触痛、警策、推动睡狮（他并未成功，睡狮还在碎梦中等待），而你则远离睡狮，倒向花丛……你们和五柳先生一样，在进入桃花源之前，为之而逝。

应该讲你和海子属于两个诗歌时代。而无论是喊出"黑夜给了我黑色的眼睛/我却用它寻找光明"的你还是信奉"黄金在天上舞蹈/命令我歌唱"的海子,都未能完整地找到一种语言,统一这生活和世界。而自信的人们将牢记你和海子对汉语言的探索和贡献。并默默回响海子的咏叹:

  开天辟地
  世界必然破碎

一切仍在等待中……

顾城……

死亡警告了一切。

虽拥有两种版本的《英儿》,我也未敢读第三遍。这"惊世骇俗"的作品……另一个世界。我的心灵。我的梦想。大悲剧。这就是一生。所有。

生活

爱情

艺术

灵魂

我一寸寸打开自己。看到胃中有三个人的悲欢离合。那也是身外的世界：酸甜苦辣。

——评价是难的。

刘江涛想当回编辑。

第一：将《你叫小木耳》与《英儿》单行，保持各自的独立、完整。顾城，首先是顾城。别有一番天地在雷里。

第二：足本出版。采用作者亲自设计的封面。要表里如一。要诚实。要把作品看成血与艺术，甚至是死亡。

第三：让生活背景自行言说（诸如"魂断激流岛"之类的语言，除了多些铜臭味，并不赊给我们很多）。

早在一年前，便想写篇"书评"。我失败了。

或者说，我认……

经历了混乱、麻木、病痛、疯狂甚至死亡——如同"回光返照"。每想到下一天或下一秒，良心便闯出了生命。高贵的生灵啊，你都干了什么？万事万物都仿佛来到了尽头。人对人的理智、生活和艺术感到灰心和恐惧。于是，聪明的人再次远离人，现代化的自娱便成为手段，成为需求，成为创作和宣泄。缺乏节制的过分"人文化"，如同艰涩的游戏和迷宫割断了不可或缺的水、土和天籁。他们有意无意地"娱己"，这深奥的快活对今天的痛苦来说，是可怜的远水。他们获得的自由，像"小国寡民"一样破坏着大地，自己，和历史。他们筋疲力尽地推翻了神坛上的一切，但最终没能树立起自己，没能回报他们的衣食父母。朽迈的神坛隐隐浮起他们不安而深刻的碑匾。上面写着："神尚有七情六欲，人又如何超越食色，所有人双腿间骑的都是那匹老破马。神和伟人并不比我们缺少龌龊与虚弱。最长远的前途是死亡。"这些话不无道理。而他们的行动昙花一现却不失缠绵地将渐丧生机的人"变得"更加枯丑与疲惫，更加怀疑和无力。他们到底舍不得神坛。因此，这些努力把人扯平的"先锋"，被世人微妙地甩在了后面。因此，信仰迷失了主人和宾语。因此，余下的人只好分享苦难和痛恨。因此，世界需要爱和新生。

世界就是我们，需要一场统一的创建去创建统一。

剑与火在召唤利与光，母亲与儿女同样热爱一代新人。母亲和儿女像雕塑生活一样，将新人和新艺术刻在了大地之上——

他们勇敢而健全地生活，进行深远的大构思。他们有血有肉地拉住万人于死地而后生。他们以最素朴的生命力和愿望，用自然与丰厚替代复杂的自娱。这力，这本色而充沛的"诗与真"推动着大自然中的世界。让人类的精神（赤子与英雄呈现本色与创造力)再现,让生活的意义(整体康复、远航)不朽,让激情与事业和谐,让城乡的对立,让翻天覆地的变革开进宁静……

顾城……

你是否能和妻子一起看到这历尽沧桑的灵长——

在阳光下播种,坚定地收获粮食,要工作还要酿酒,然后狂欢而醉,双双睡到天明……

1996年7月29日初稿于蔺沟,9月4日修订于复旦

博尔赫斯的自习课

"天堂应该是图书馆的模样",这是博尔赫斯告诉我的。八年前,我从一家小店抱着三卷博尔赫斯乐颠颠地跑回寝室。

逃课。阅读。窃喜。

博尔赫斯的自习课,从那个下午开始。他不是老师,我不是学生;没有上课铃,也没有下课铃。

事实上，此前两三年便读过他的诗歌与短篇小说了。如果说我还有一点奇思，那和他有关，与屈原有关，与他所尊敬的庄子有关……

自知尚无什么重量级的作品问世，不过在上海的一个角落里苟且着，在本报讯、专访和老军医广告间写上自己的名字，等待着月初的工资和岁末的年终奖。

十年以来，我一点点地接近他，受惠于他，却从不想说热爱他。他的诗歌奇谲锐思，但老实说，我只喜欢其中的十分之一，仅这些便足以开启我的思路。所读的他的第一首诗我已记不起名字，原文也不很清晰，那注定是另一篇文章的内容。但我正好举出他其他黄金般的诗行：

> 庭院，天空之河。/庭院是斜坡/是天空流入屋舍的通道（《庭院》）

我已渡过了海洋。/……我爱过一个高傲的白人姑娘,她拥有西班牙的宁静。/我见过一望无际的郊野,西方永无止境的不朽在那里完成。/……我深信这就是一切而我也再见不到再做不出新的事情(《我的一生》)

一把剑,将由一个国王传给另一个/又由这个国王交给一个梦,/……一把剑,持剑的手/将会获得一个王国又失去一个王国(《断片》)

我的头脑本来就浑浑噩噩,一副语不惊人死不休的架势,而他轻轻在耳边说,只有二流诗人才只写好诗。事实不正是如此吗?李白也只有一篇《将进酒》,一篇《梦游天姥吟留别》(当然还可继续列下去)……东坡居士真正豪放的妙词也不过十来首,让那些说某人的作品篇篇经典的评论家见鬼去吧。

别人在赞扬博尔赫斯时我往往沉默，也许我是在更偏执地更深地误读他，但这至少是木叶自己的博尔赫斯——

他并非像人们说的那样博览群书，而是善于将这些纸页连接并转动起来，同一个句子他甚至会引用多次，他更多的是不断地重读塞万提斯等人，重读《神曲》不少于十遍。他自幼眼力不佳，青年时期高度近视。1938年，祸不单行，眼睛严重撞伤，开始逐渐失明。母亲与爱人为他所读的篇章毕竟有限。

他并非样样准确，甚至有不少讹误，当然被我们美化。

是的，这的确是他的幻美文学，虚实的界限打破了，文体的界限打破了，一与多、自我与他者、生与死、瞬间与永恒的界限都打破了，融合了，美化了，连接这一切的是文字，是"另一个博尔赫斯"，叔本华、尼采等人所开启的诗与思的传统，在博尔赫斯的手中达到极致。

他有时用词甚至是贫乏的,玫瑰、神秘、迷宫、镜子这样的词会常常出没在字里行间。

他有着海明威"压力下的风度(美)",而在博尔赫斯的简洁面前,海明威的简洁是缺乏张力与神奇的。

他是他家族中的第六代失明者。"像黄昏一样慢慢降临"的失明并未压倒他,像荷马一样,他有着自己的嗓子。

他不求其大而博大,"在所有方面他都是一个欧洲人,除了他观察欧洲文明所用的超然态度",这种批评反而是赞语,他爱着《草叶集》《一千零一夜》《红楼梦》,爱着维吉尔、柯勒律治、爱伦·坡、史蒂文森、弗罗斯特,爱着一个个远方。但那些诗,只有那个阿根廷人博尔赫斯才能写出。

纸做的博尔赫斯,盲目的博尔赫斯,被抬得过高的博尔赫斯,一直作为一名自习生和图书管理员的博尔赫斯。我怀疑你是否存在过,我怀疑自己的热爱是否一直以误解的方式在行进。

2004

海明威的酒杯

"看了电影《长恨歌》我才感到小说原著写得是好,"朋友柳绦笑嘻嘻道,"我准备把这部从未看完的小说从第 20 页接着读下去。"这话王安忆女士未必爱听,但或许不比看到此等影片更扫兴。

放眼国内的改编影片,姜文的《阳光灿烂的日子》绝了,又凶猛又灿烂;《霸王别姬》暧昧激越,雅俗共赏;老谋子的《活着》颇具张氏的精准,虽说里面有"识时务的阉割",但终究道行了得。

编剧的江湖地位似乎不高,譬如《活着》和《霸王别姬》固然有赖原作者余华和李碧华的操刀改编,但均另有一个重要的改编者——芦苇,可惜圈子之外哪有几人关注?忽视编剧重要性的人,可以参阅张艺谋的两部武侠巨制,另一个反面教材是《大鸿米店》对苏童小说《米》的去菁存芜。

国外的改编影片太多了,莎翁的很多剧作屡屡被搬上银幕,纳博科夫那个《洛丽塔》亦有着1962年和1997年两个版本,黑白或是彩色版均煞是漂亮,可惜都太忠实于原著了,仿佛暗地里选修过我国"乐而不淫"的教诲。

有一个成功的改编案例我不很情愿说出,那便是《乱世佳人》:将流行小说《飘》拍成了更流行的影片,多少年之后也许为数不少的艺术电影被淡忘,这部通俗大片会源远流长。

艺术上极其出色的当属黑泽明的《罗生门》,

主体来自芥川龙之介的小说《竹林中》和《罗生门》的一部分，但用了《罗生门》一名，最终成就了一个世界性的隐喻。

我还喜欢帕索里尼的《索多玛120天》和科波拉的《现代启示录》，乾坤挪移，大开大阖，对得住小说原作者的英灵。当然也有很多世界名著缺少那份好运气，譬如对于《老人与海》（有人称是另一部），据说海明威看同名影片时始终面无表情，后来他对自己的孩子说："好莱坞又干了件蠢事，他好比在你爸爸的酒杯里撒了泡尿。"柳绦喜欢"海明威的酒杯"的说法，却看不惯硬汉的死脑筋，于是改编了流行的观点说道：原著和影片是露水夫妻，小说写得再坏，也是作家自己的娃；电影拍得再好，都是导演的，而且身为大作家你得明了，导演是有着充分的理由和本领将它改糟拍坏的（纵是如此，也不会使小说原作减少半个字）。

2005

上联

打长途回家时往往要跟侄儿耗上一会儿，起初他只会咿咿呀呀，自娱自乐地按电话机上的键；稍长，小家伙便远远地叫一声叔叔，很受用。不过，就有限的经验而言，人到了三四岁甚至五六岁才开始记事，仿佛前面几年只是在忙着尿床、长肉，侄儿不会也这般没心没肺吧？难说。或许，当人们用天真无邪、无忧无虑来形容童年时，已然包含了这一层意思。

我两岁那年，被迫地记了一些事，实在是天灾人祸，一是生病开刀，一是老家受唐山大地震波及（还应包括更重要或者说更不重要的一些政治事件）。然后一下子就是一片空白，过了三四年，记忆中才突然出现了很多场景，知道了什么叫饿，什么叫臭，什么叫疼痛……即便记了事，也是有选择的，且总是跟别人的记忆不大一样，一听到大人们回忆我小时候干了什么什么，总觉得那是在说另一个人。

关于童年的记忆仿佛一些补丁，很难看，但缺了它只会更加难看，甚至宣告作废。童年的故事说不完，索性打住。

问题是，什么时候算是童年的结束呢？对我来说，可能就是不再爬树的那一天。并不是说长大了便不曾爬过树，而是再也不会一边怪叫一边跳将下来——有没有人关注均如此。现在如果怪叫一声，要么是疯了，要么是遭了劫——童年就是吃饱了撑的的日子，而记得那时又分明是吃不大饱的。

童年是最无厘头的，童年又总是有理的。

关于童年的说法很多，我无意评论，我只是觉得它就像一个上联，稀里糊涂地就在那儿了，五言、七言或是长得要命，你这一辈子要做的就是给它对个下联。换句话说，每个人都不知不觉地为自己拟了个上联，然后身不由己地去对下联。上联无论写得怎样都自然而魅惑，下联则往往不得要领，无所适从。弹指一生，往往还没搞清什么是平仄、还没来得及高山对流水、红花对绿叶便 GAME OVER 了。

童年虽短，但硬是占了生命之门的一半。在这一点上，我无条件地接受弗洛伊德的观点，童年无形中决定了一切。就像一条河，发源地可能很不起眼、模棱两可，但是任你万里浩荡，体内永远流淌着源头的些许活水，甚至就是为了将这些水一滴滴送到大海的手里。

　　所有的上联都是诡异的,所有的下联都是老套的,更诡异更老套的要数那个横批,我想,它就是死吧。死,人手一份,不多不少,不早不晚。

2006.5.25

·

剑气

谁给 2500 年前的孔子拍过照片?这个问题很滑稽,但某些高瞻远瞩、运筹帷幄者恰好有了机会设计放之四海而皆准的孔子"标准像",雕塑初稿已然公布。

上中学时,我留心过传为唐代大画家吴道子所作的孔子行教像,印象最深的不是夸张的衣袖和胡须,而是他左腰间所佩之剑,在那个喜欢以

"和蔼可亲"造句的时代，我甚异之。通过此剑未必能真正理解孔子，但它扭转了老先生在我心中的形象：腹内文华掌中剑，何况剑又是最具想象力的兵器！

后来，我当过几年历史老师，做过误人子弟的事，亦曾讲过这柄剑，个别学生颇感兴趣，大多心不在焉，我慢慢怀疑起自己，后来干脆不讲了。至于为孔子制标准像这么堂而皇之的事情，我不想评论，历史这个小姑娘，注定要由后人打扮，奈何？

如今发现那菩萨面容的塑像初稿保留了宝剑，我心里稍许踏实了些，至少没打扮得太不像样子，还不至于让老夫子气得活过来。

孔子究竟何貌？古籍所载者不少，然而大相径庭，恕不列举了。我只想说，有一次孔子在郑国与弟子走散，子贡到处打听，有人告诉他东城门外还真立着个人，怪模怪样，额头长得像尧，后颈类似皋陶，肩部又像子产，腰部以下则比禹要差一截……子贡果然在那里找到了老先生，并以实相告。孔子作何感想呢？司马迁是这么写的——孔子欣然笑曰："形状，末也。而谓似丧家之狗，然哉！然哉！"好一个"欣然"，好一个"然哉"！孔子单单接受"丧家之狗"这一指认，此时的夫子最是无奈最是可爱。

不过，标准像是"万不能"以此为标准塑立的。而孔子的佩剑亦到底给弄得温柔敦厚了，好几张来自权威媒体的照片，更是有意无意地将此剑置于取景框之外，摄影的美学，达人们比我在行，我只稍稍懂一些历史的美学和现实的美学，且仅仅是一些。其实亦是扯淡，儒家学说都乾坤大挪移了，一个塑像、一张照片何足挂齿？一名诗人佩一柄剑是什么感觉？一个儒雅者佩一柄剑是什么感觉？一个思想家教育家佩一柄剑又是什么感觉？……我只知道，李白仗剑远游，一去不返。

朋友柳绦认为，与其说剑之有无关乎攻防与贵贱，不如说是一股气的生灭。但是，气又是什么呢？

2006.6.21

老夫聊发少年狂

王朔又回来了。其实他一直在那儿,不过近来和媒体互扯了一下衣襟,亮出思想武器,说说说!

王朔是1980年代的弄潮儿,也是80年代的异数,90年代更是成了精。在汹涌的21世纪,流行与时俱进,也流行未老先衰,"文化老人"王朔清醒得要命。他的话未必都对,但都好玩儿,就是隐约间有些幻灭,仿佛一块石头在天上飞……我真想抱一抱这家伙……他妈的好远啊!

王朔的话和他的文字、他的活法几乎是同一时态的,特立但不孤立。王朔压根不需要什么粉丝,这一点像极了崔健,"我不想留在一个地方,也不愿有人跟随"。

王朔出山的缘由,我不想多谈,名与利,尘与土,"你别想知道我到底是谁,也别想看到我的虚伪"。问题是,因了媒体的提问,王朔对文学、影视、娱乐等等点评频频,而不少点评被人简单地视为"骂",王朔也被顺手归入了老不死的愤青之列。用狠话推动新闻,再牛的媒体也难免此俗。我倒是觉得"愤青"二字已远非"愤怒的青年"之意,喧哗与骚动赋予了它一种张力。

中国缺少的是愤青——这话并不准确,不如说缺激情。或许你会说激情不乏,只是隐含着,就像太阳在乌云后,依然在的。那么,硬桥硬马与一针见血在哪里呢?世界永远是黑暗的,很多时候语言是唯一的光亮！不说就安静些，要说就别顾面子，别兜圈子，别装孙子。

"老夫聊发少年狂"，据说苏东坡如此放言时尚不到四十岁。四十岁做愤青，五十岁做愤青，都是强悍的。所谓生活，就是挺住，挺身而出，悟而有言。反骨长在了舌头上的人，都是可敬的。狂者进取，敢说会说。这狂看似放肆与玩世，实则闪烁着纯情。王朔也有局限，并和他的锐意同样明显，仿佛一瓶北京二锅头，不优雅，不高贵，也不会轻易放过你——无论你醉心于他，还是厌恶他。王朔们是一面面镜子，有时还是斧子——这镜子照妖，也照自身，这斧子砍王八蛋，也砍自身。

2007.1.23

魔岩三杰之夜

只身走进长河。汹涌不仅属于身体。摇滚。

上海大舞台。窦唯第一个出场。与 1994 年红馆不一样的是当初他既吹笛且弹琴,而今就一个笔记本放放电子乐。舞台于他如一个酒吧,演出亦仿佛一场无目的的彩排。此刻的窦唯,屏蔽了那些需要借助他人的荷尔蒙才能他妈的激荡起来的人。窦唯还是发了声的,他的经文我仅听清一句:我早已失魂落魄。清晰的是几声谢谢,以及结尾那句"有请何勇"。

真正上场的是,姜昕。我所在的看台似乎张狂了些,不仅听到了"下去吧",还有"滚"的嘘声。什么样的摇滚便会培养什么样的观众。暗自又觉得,如若他们不知窦唯是何许人,是否早就对他这般叫喊了?搞摇滚最难堪的便是现场还不如 CD 了,她的卖力变得很徒劳。牵动我的不是音乐,而是她的一句话:爱着爱着,就开始唱了;唱着唱着,就过了好多年。

何勇还是海魂衫,还能摇。最初记住斯人是因了找个女朋友还是养条狗、吃的都是良心拉的全是思想,而今觉得有他那么一个老父亲拉三弦伴奏便胜却人间无数。

新作不错,尤其是《虚伪》,旋律和词都很何勇:虚伪就是一条内裤,人人要穿,旧了要换。您的虚伪,我很喜欢;您的虚伪,如此简单……

当晚他还唱了《头上的包》，头上的包有大也有小，有的是人敲有的是自找。何勇并不是那种多么深奥的人，但，他能让你确信他是在用身体演唱，直直接接，干干脆脆。

张楚迟到了十多分钟。何勇曾上来说他还在路上。后来据说他是不耐烦出去放了一下风。许还有别的版本，不管。迟了就是迟了。这家伙一上台未作任何解释，径直开唱。他是三个坏小子里唯一没变胖的。那张孩子脸，亦显沧桑了。挺嘎。

当年在红馆，张楚是坐在高脚凳上唱的《上苍保佑吃完了饭的人民》等歌。多好啊，升官的升官，离婚的离婚，无所事事的人……

此番，在演唱《孤独的人是可耻的》时，他已学会跟观众开玩笑：有人听了这歌谈恋爱的吗？后边好像还说了一句，兀自笑了，有些前不着村后不着店。那一刹那我觉得他一生也许均会如此。

我近旁的一个粉丝一直在说，千万别唱，别唱

《姐姐》。最后他还是唱了。

不少人已走,才见谢幕。三杰当真一起站在了舞台之上?我眼神不好,但见转瞬,四散。

写此短文时,一个女孩让我给她唱张楚的《冷暖自知》。如今我已能把摇滚就当作一种音乐,去他的庞然大物,去他的微言大义。不变的是"双腿夹着灵魂,赶路匆忙"。

2008.7.9

一个入侵者的面孔

对于毕加索,很长时间都喜欢不起来——我一直迷恋的是梵高的孤绝与单纯。年岁渐长,自己劣迹斑斑,碰壁亦多,暗暗觉得毕加索那样的人生亦颇快意。毕加索未满十四岁时,作为美术老师的父亲便交出画笔,发誓永不再画画。毕加索早早打败了父亲,而他的征战才开始。他的一生如同漫长的航行,自己是小舟,是暗礁,是浪花,也是汪洋。

天赋，盛名，多变，高产，长寿……这些都令人想起诗人歌德，然其性情几乎和歌德完全相反，他始终是一名红布在手的斗牛士，就是个子矮了些。

印象中，毕加索曾说如果你想糟蹋哪幅画，最好的办法就是把它端端正正挂在墙上。见自己的作品和文艺复兴时期大师的摆在一道，他心中惴惴的，我每每猜想这个狡猾的家伙窃喜与惶恐凝于一处时的样子。以上两个细节一时找不到出处，但我相信自己的记忆，如若错了，宁愿就此将之涂抹。因为他说过："一幅画是破坏的总和！"

有一部影片，讲的是莫迪里阿尼，一个短命的天才。毕加索在片中被描绘成一个功成名就、才情逼人而又傲慢的怪客。餐后，他随随便便作了一幅画，丢给侍者，侍者说，您还没署名，他道：如果署了名，那就不是买这一单了，而是买整个饭店！

朋友柳绦怀疑是否实有其事，不过我想，纵然是编的，又有何妨？这种坏坏的天才什么事做不出来。

"艺术是谎言,然而这种谎言能教我们去认识真理。"这话的译法很多,《毕加索的成败》一书将"谎言"译为"骗局"。很多时候我觉得它和"艺术是无用的"一语同样魅惑。

自画像最会说谎,也最可靠。梵高的自画像我幅幅喜欢,毕加索的亦非比寻常。和约翰·伯格一样,我非常好奇于毕加索1906年的那一幅,画中的面孔是锋利的,也是呆滞的,是孤注一掷的,也是怅然若失的,而就在此时,他已然经历了自己的蓝色时期、粉红时期,下一年,他就要抛出震慑人心的《亚威农少女》,那上面又是一张张莫名的面孔。接下去的几十年,他一直在发现自己,放弃自己,像病毒一样不断变异,站到自己的反面、前面、侧面、上面……终了,留下大大小小的作品数以万计。于现代艺术而言,这是一个"直立的入侵者",一个谑笑的野蛮人。

1906年,毕加索二十五岁。有位中国诗人于这一年龄自杀,他曾有言:一切都存入人的世世代代的脸。

2007.6.6

死神来过了

伯格曼去了。安东尼奥尼去了。就在短短的二十四小时之内！大师于另一世界聚首，此间荒凉。

我莫名的是，死亡将两个互为远方的人安排在同一阵风之中。我感慨的是，他们影像的哲学和哲学的影像，这一点在中国导演那里一直不曾强力出现。你完全可以反驳我，然我早已无言。

挥之不去的是画面。伯格曼影片《野草莓》的开场：大街，空无一人；时钟，没有指针；自棺材里掉出死尸，原来那是自己……安东尼奥尼《放大》的结尾，有人在打网球，手臂挥动而不见网球，他们的神情与动作却是那么专注，真的发生过什么吗？真的从未发生过什么吗？

"我像个雷达，我接受东西，然后再像镜子一样反射出来，夹杂着回忆、梦境和理念。"伯格曼如是说。如果你想在他的电影里寻求灵魂的安逸，那么你错了，他骨子里是要"让你和你的灵魂战斗"。我是那种意志极薄弱的人，一度荒唐得很。此刻忆起他这句话，我徒有愧疚。所幸，一团微暗的火不远不近地燃着。

死亡，人手一份，各有千秋。它的出现总是令记忆如潮水般袭来——死亡的本意则是要抹掉记忆。我想起自己和电影有关的日子。那是五六年前，我颓废得很，一个同样颓的朋友住进我脏乱的屋子。他喜欢电影，也拍电影，兴奋于我箱子里上百部地下影片（那时找一部艺术片尚属不易），在一起的一年，我们又添了上千部的影碟。还组织了个"新意象"电影工作室，再后来又做网站。聚会，争辩，写剧本，试图拍片……至今我很遗憾的是，他非常着力的一部影片，大家也都看好，唯我觉得剧本太单薄，一直未成为影像（当然原因较多）。倒是他的纪录片《灵山》和《阴阳界》，我很是喜欢。那是一种可能。他的电影如若有成，将得益于这些神奇而质朴的原始积累。

工作室另有两个兄弟，一个还在写诗，一个还在读书。写诗的一个喜欢牡蛎与飞翔，我好奇于这别样的飞翔。读书的一个于2004年为我和她写过一个话剧，她喜欢那种骑在洪水之上的感觉，我也喜欢……

时代太喧嚣了，死神就像一个孩子，不声不响，在你的门口偷偷拿走了什么，同时又随便丢下一个什么东西。

你在梦里看见了，突然警醒起来，许许多多风马牛不相及的东西挤压在一道，喷涌而出。生者，亡灵，放大，再放大，清晰，再清晰，然后，倏地一片模糊，归零。

2007. 8. 1

冷魂贾植芳

2002年,李欧梵拜见施蛰存,提出庆贺他百年寿辰,施先生答道:"我是在等死,我是20世纪的人,我的时代早已过去了!"

此语初闻,震撼无以言表。当时首先想到的是巴金,如今巴老已然在彼地历经一两个驿站。

"驿站"的说法来自贾植芳先生。贾先生初见我这个后生便说:"这些年我看到最多的是讣告。"在一篇文字里他写得更加详尽:"我也常常到火葬场去参加告别仪式,每逢这种场合,像我这样拄着拐杖的三条腿角色一般都被安排在前面一排的位置上,面对墙上用黑边围绕的死者遗像低头默哀。每当这种时候,一种幽默感就会在我心里油然而生:火葬场里旧人换新人,独独墙上那颗钉子一成不变,今天挂了这张像,我们在底下低头默哀,明天还不知道轮到谁在上面谁在下面。"

而今,四月春风别冷魂。

2005年9月,我曾为复旦百年庆典拜访老人。贾老已然九旬。其实我第一次见到老人时,他业已八旬上下。世事如此,有些人我们甫闻其名,他便绝然离去,譬如海子;有些人我们初阅其文,他便垂垂老矣,譬如夏志清。

老人黑鞋白袜灰裤子,白衬衣里白背心,鼻子很挺头发灰白。贾老和侄女任桂芙一家同住,四世同堂。整个宿舍区静极,与那个正在全身麻醉、通体手术的复旦截然两个世界,尽管离得那么近,一本书掉下来便几乎落到复旦那边去了。他喝了一口水,道:"我无儿无女……"遥想当年讲坛,瘦小的老头儿谈笑风生,身边还有着一名同声翻译。他的山西口音历经数十载亦不曾被"驯服"。此刻,坦白地讲,老人的话我听不甚清。

适逢一个山西老乡的女儿考取了同济大学,特地来看望老人家。见我到来他们便转而和贾老的侄女聊天,时有笑声。临了家乡人拿出颠簸了几千里的礼物:一兜月饼,是家乡人自做的。贾老接过来看了看,摸出一个递给我道:"吃一个。"这三个字很是清晰。我接过,咬了几口方吃到"馅儿",甜,却硬得厉害。老人叫侄女拿来一本书,签了名送给他们,目送离去。屋里静了下来,山西口音稍稍清晰些了。他说自己多年没回老家,远道而来的乡亲大多不认识,但就是打心底里高兴。

老人多次提到"我的朋友胡风"。他说当初进了国民党的班房并不害怕,因为"我有什么罪啊"……

我将自印的诗歌小集子送给老人,他兴奋地说:"我可有很多写诗的朋友呢。"我问,百年校庆您会参加吗?老人稍作停顿,我1987年就退休了……

他咳一声,起身去厕所,走动时越发显得瘦小。我又咬了一口月饼,留意到桌子上的《中华读书报》《文汇读书周报》《文艺报》《新民晚报》间,夹杂着余华的《活着》和莫言的《红树林》。

回来时他低声说了几句,可惜我又没听清。他侄女告诉我,过会儿他们要去附近步行街上的咖啡馆坐坐。老人近来戒了烟酒,每天早上8点半起床,晚上10点半睡觉。最后,他又让侄女拿来一本小书——《做知识分子的老婆——任敏女士纪念集》。老人说:"这本书买不到。你看啊,没版权页也没定价,只印了……"我没听清是多少册,但知道老人将亡妻纪念集视为特殊的礼物,刚才送老乡的就是这本书。老人在书上题写了几个字，称我为"木叶老弟"。

他就问起我的年龄，我说过三十了。他说了两句话：一，"哈，我最好叫你'小弟'，你比我小了六十岁啊。"同时做了个"六"的手势。真正想说的是下面的话："三十岁正是有经历也有精力的时候，要好好写。"然后他翻起放在桌上的文集，最后在一篇小说上定格：《人的悲哀》。他说：那是我二十刚出头时写的……

老人继续讲道："我三十岁时来上海，下火车身上只有八分钱。我当时光头，媳妇梳着小辫儿……但你看啊，可以说这八分钱我六十年也没'花光'，靠的是人格与本领……"

待老人的话我大半能听清，已到告辞之际。

我拍了一张老人卧室的照片：墙上挂着一幅书法，于谦的诗："千锤万凿出深山，烈火焚烧若等闲。粉骨碎身浑不怕，要留清白在人间。"目光下移,一张双人床,被子叠放在床尾,枕头边放着十来本书,床边一把椅子,椅上是一个白色的尿壶,床头墙壁上以胶带粘着几块旧纸箱板……

老人接待我那间屋子,有好几个书架,其中一个书架伸手便可摸到的那两层上,放着高高低低的药瓶。要取阅背后的书就得先拿开药瓶,即便不取书,老人亦要一日三次像吃饭一样取下药瓶,放回药瓶。

我打量这一切的时候,老人说:"现在写不动了,只是记日记。"最后又说,"我想多活几年,看看这风景……"闻听此言,"寿则多辱"四字一下子堵在我心头,瞬间又消逝了,有一种沧桑变得干净利落……

诗人西川的《一个人老了》写的是另一个情景,但用在这里又出奇地妥帖,连不妥帖之处似乎亦妥帖了。引几行:

　　……他的骨头

已足够坚硬，撑得起历史，

让后人把不属于他的箴言刻上。

必须惭愧地坦白，此前我没有好生读过贾先生的任何一篇小说，也不曾看过他的理论或翻译作品，只是读过陈思和、张新颖等写的一些相关文字，听过贾老的讲座，并一次次或远或近地看到他在复旦园慢慢、慢慢地走着。困惑的是，为何我对一个人如此缺乏了解，便写下如此多的感受与臆测？

告辞出门。这位老人一生的激荡、潇洒与磨难仿佛都收拢在一根拐杖的拐角——有着纹络，有着光润，上面是天，下面是地，中间写着一撇一捺。

回首。树摇影动，夜色将至。一楼最里屋有一位老人，过会儿他要去咖啡馆坐坐。

注："冷魂"为贾先生十几岁时用过的笔名

2005.10，2008.5

群像

——一个文学奖的一天

0.

"并没有诞生一部惊天动地的作品。"

1. 上午

晨起出发。天空到底是连着的,乌镇也是细

雨，较之沪上，稍许密些。缠绵，悱恻。

西栅。作家们一楼，记者更上层楼，午餐开始了。茅奖新闻发布会已在上午举行，不赘言。传闻一则：有个记者问茅奖得主，怎么花这笔奖金。主持人将球断掉：这个问题不太重要，请换个更重要的问题。

散了会，这一记者显示了自己的执著，追问贾平凹。贾答得好无辜：怎么花？五万元又不算多呀。

其实，这个问题并非"不太重要"，而是混淆了当下文学的黄金储备和娱乐性。

2. 午后

作家们拜谒茅盾陵园。献花，鞠躬，培土植松。

后转至昭明书院。雨淅淅沥沥，人亦走得哩哩啦啦。书院内有一面"心愿墙",好多小纸片,斑斓,满是字,不知都是什么人的心思、念想。迟子建轻轻掀起一张,读道:所谓旅行,就是从一个你呆烦的地方,去往一个别人呆烦的地方。读至一半,笑了。

待我再去翻检这一张,已寻之不得。

有记者见缝插针,好像所问关乎一个不太好的事。我没听清,只听伊答说,这种时刻,说什么都会被媒体放大,不过只要是善意的,也就随它去吧。

上次访程永新,他便说《额尔古纳河右岸》被低估了,这下,慧眼看过来了。茅奖得主里,迟子建可算是年轻的,来自北极村,却有着南方女子的韵致。与她已算相熟,谈得便颇散,她说自己去年才上网,网龄一年,且主要是收发邮件。近来在看《山海经》……

"我原汁原味地在生活之中,没觉得有什么隔膜。"出去买东西也没人认识，她自称就是一个普通老百姓，转而又道，"生活中一个作家算什么呢？"

另一角，周大新独坐，静静翻阅刊物。《湖光山色》是这四部获奖作品中，我唯一不曾看过的。由其小说改编的《香魂女》获柏林金熊奖（1993），倒是知道的。媒体对他最多的形容是，低调。走过去聊天，原来《湖光山色》是他农村题材的首部长篇，眼下正在写一部关于军人的作品。至于自己最欣赏的军旅中人，是拿破仑，周大新喜欢他指挥战斗时的镇静，遭遇波折时的坦荡，不喜欢他出于种种原因的频繁出战，此亦为其灭亡之由。

再转个弯，有人让贾平凹立在"文元"匾下拍照，我亦按了几下快门。匾上文气，煞是宜人，正配贾氏妙论：获奖就像赛场上传来的"加油"声，作家听了便有劲了，若是嘘声一片便跑不动了。

约两点半，赠书仪式。

接下来，参观历届茅奖得主的图文展示。迟子建边走边说，还是男的作家得的多。麦家道，你们是以一当十。

正说着，经过王安忆的展板。有一王安忆早年的照片，作家、粉丝齐齐惊艳，再往前又是一帧，迟子建道，这很像《霓虹灯下的哨兵》里那个春妮。大家淡笑而过。许是看到或想到什么，迟子建轻叹道：写作真是一件摧残人的事。

底下的话，因我停下拍摄，不曾听得。据说又有人接续说：写作养人。麦家则道：写作养心！

主办者还备了笔墨纸砚，迟子建和麦家以硬笔签名留念，高高低低地有人说要用毛笔，要用毛笔。后，公推周大新泼墨挥毫。他眯眼笑，站在书案之前念叨"写什么呢，你们说，你们说"。迟子建几乎脱口而出："就写'乌镇的雨，茅盾的魂'。"窗外雨霏霏，最终，正是这几个字留在纸端。

有人说贾平凹先行回去了,迟子建等人亦慢慢散去。

我独自乱转,来到一个不算太小的图书室,一张桌子上,全是木心作品,《鱼丽之宴》《即兴判断》《素履之往》《伪所罗门书》《哥伦比亚的倒影》。小姑娘介绍说这里是"拂风阁"。出得门来,回首一看,此三字正是木心先生所题。这已是再度来乌镇,上次前来适逢孔另境纪念馆落成。前后不变的是,一直觉得远远近近的水波里还浮动着木心的倒影。

3. 夜晚

作家和记者共聚一堂,餐桌若干,主桌旁,有乐师在吹拉弹唱,琵琶,二胡,竹笛。《春江花月夜》《弹起我心爱的土琵琶》……

忽然觉得这场景挺别扭,又说不太清。

晚八时，颁奖典礼，开场音乐是《让我们荡起双桨》，一级级的领导致词，中气浑厚，略。

铁凝主席下午植松柏时穿的是牛仔，一身短打，此刻着裙，赞。不过，铁主席的致辞，终究太高屋建瓴太励志了。我只记得开首一句："秋雨清新，晚风温润"。雅颂还是算了，有此比兴足矣。

年轻评论家谢有顺宣读授奖辞："贾平凹的写作，既传统又现代，既写实又高远，语言朴拙、憨厚，内心却波澜万丈。"刚才晚宴上，有人来祝贺贾平凹，他转过身，举杯。我注意到，贾先生脑后已稀疏，不变的是眼神的沉郁。联系几次见面和通话的情景，越发觉得这个人知雄守雌，心底许真是波澜万丈。

骨子里他是一个诗人，这倒不仅仅是说他早年写过诗，主要是情怀。甫一得知获了茅奖，贾平凹对电话采访的记者说了四字：天空晴朗。当日，他给屋子里的佛像烧了香，又在父母遗像前上香，然后去吃了一顿羊肉泡馍。这种神灵之敬，与细琐生活，正是贾平凹之特异。

戴上眼镜，贾平凹开始念感言。内中最触动我的一语是："获奖在创作之路上是过河遇到了桥，是口渴遇到了泉，路是远的，还要往前走。"

没有桥，路还是要走下去的。

"史诗般的品格"，这是对迟子建小说的赞誉。站在颁奖台前，她觉得和自己一起抵达此间的，还有故乡的森林、河流、清风、明月。

她由面带笑意，转为凝重。这，也是其小说的蕴藉。

周大新的获奖感言，是一个问号，指向乡村的转身和土地的不安。

麦家如此看待获奖："正如《暗算》中的黄依依最后破译紫金一号密码一样，凭的不是公式，不是必然，而是一念之间，而是冥冥中的一种混沌，一种无法言传的触摸的神奇。"

乌镇的夜晚湿漉漉的，我匆匆离去。一件事情发生了，结束了。

途中思忖，我会在第一时间想到哪几部茅奖作品？陈忠实《白鹿原》、阿来《尘埃落定》、王安忆《长恨歌》，或许还可加上古华《芙蓉镇》、路遥《平凡的世界》。当然，再想会再添篇什，而换一个人列举则可能是另一名单。不过，毕竟历经二十八年约三十部长篇得此殊荣，惜的是，不少作品连这么点儿岁月亦不曾熬过。

茅盾文学奖四年批发一次，此为第七届，入选作品自2003年至2006年。一下选出四部，评选者表示有"遗珠之憾"。

"在近四年的文坛中，并没有诞生一部惊天动地的作品，好到让人觉得不获奖就没有天理。"一派喜洋洋之中，《人民文学》主编李敬泽此语，须得正看、反思。

2008.11.6

●

索尔仁尼琴。回来。

沙皇尼古拉一世问普希金,若十二月十四日你在彼得堡,你会做什么?普希金答:我将在起义者的队伍里。

是的,诗人将反抗。

这一答,是一粒种子,一种"俄罗斯病毒"。索尔仁尼琴亦受感染。不同在于,普希金得到了赦免,后来者则远无这般的运气。

《古拉格群岛》,我浮光掠影。"献给没有生存下来的诸君,要叙述此事他们已无能为力。但愿他们原谅我,没有看到一切,没有想起一切,没有猜到一切。"唉……

开篇不久,索尔仁尼琴写道:旅长把"我"叫到指挥部,问是否带有手枪。"我"便交了出去,丝毫没怀疑会有什么名堂。突然,两个反间谍人员自角落里蹦出,抓住"我",说:"你被捕了!!"是的,两个叹号(索尔仁尼还喜欢在文字下加着重号)。德军炮弹炸得玻璃直颤,他们连忙推索向门口,这时传来了旅长的"神奇的话":"索尔仁尼琴。回来。"

原著就是两个句号吗?或许。时间在他们之间停了一停。接下来,旅长的话,点破了"我"被捕的缘由。恕不交待。其实,早被人说滥了。

旅长最后道:祝您——幸福——大尉!

此时,这位大尉已是"人民敌人"。而他真正的回来，是多年后的事。且，他不断回来，不断离去……

一百五十万字，三块砖头一般，读来却并不太费力，行文满是"古拉格的母校""天堂岛"等索式笔法，他喜欢的"癌细胞"象征亦在延续。另，这部作品可自任一段落切入。

索尔仁尼琴延续了俄罗斯民族的壮阔风格。长篇，巨制。这是中国作家的弱项吗？

说说成名作吧。《伊凡·杰尼索维奇的一天》。一天，一生，一个时代。有些减弱了，有些增强了，今朝看，别具意味。

《牛犊顶橡树》封面照片很糊，很酷，第二二三页他道："只要还活着，或者直到牛犊顶到橡树上折断了脖颈时为止，或者是橡树被顶得吱吱响，倒在了地上为止。"

这是雪域大山的性格。经过山后，风向有变，风力弱了。

索尔仁尼琴批苏俄,也批西方。专制、强权,他反对,他控诉,他艺术地抒写。面对民主、自由,他亦有着自己的审视。他并非都对,然始终横站。

政治成就了他,也伤害了他。在他那里,政治就是一个人和一群人的,命运。

"当行动与个人有关时,个人便应成为'主角'。"主角论,赞。终究,主角是不易做的。

终究,读他的人要比谈论他的人少太多太多。

好的文字都是写给死者的。入了土的,行走着的。

索尔仁尼琴始终是一个问号。于政治,他有他的一厢情愿,甚至盲点。于文学,他有他的笨拙,或不完美……

(这均无损于一个问号的伟大。一种伟大到伤痕累累的"知识行动"。这是另一种力和美,润泽、激荡并拷问着后世的魂灵。)

2008

辑四

诗人和诗歌

上篇

不管农民、工人和一般知识分子关心与否，1922年，现代便宣告了现代主义的初步胜利。乔伊斯的小说《尤利西斯》、瓦莱里的诗歌《幻美集》和艾略特的长诗《荒原》纷纷出版。同年去世的普鲁斯特，则注定要凭其两三百万字的巨著《追忆似水年华》加入并撼动这股大潮。不管人们关心与否，我们每个人都多多少少地沾染并怂恿了这个混乱而匆忙的时代。仍不管人们关心与否，今天的理论大师们已在探讨"后现代主义"（不妨视之为现代主义的变种和扩散/溃散。本文在以下行文中将现代和后现代合称为"现时代"）的来龙去脉。而几乎不等我放下这支笔，一切又将有所变化。正因此，对艺术王国中最敏感的诗歌的澄清便成为当务之急。

一

持久地震撼世界的是《荒原》一诗。耐人寻味的是全篇仅有433行便插入六种语言，另附"几乎比这首诗本身更有名气的" 52个注释。如果说斯宾格勒是从比较历史学的角度，在战乱中分析并预言了"西方的没落"，艾略特则是在大战初息便艺术地宣告了西方精神文明濒于枯竭，以伦敦等大城市为突出表现的曾哺育万物的大地正沦为现代化的荒原。我们至今能从诗中那个取圣杯的故事感受到冷峻与悲凉。继而诗人又机智地指出西方现代人已经变成了《空心人》（1925）。1943年，《四个四重奏》出版。"因为他对当代诗歌做出卓越的贡献和所起的先锋作用"，瑞典文学院授予艾略特1948年度的诺贝尔文学奖。今天，面对如此享誉全球的现代派大师，我却充满悲哀。两年前，给我感触最深的是诗人对诗歌技巧和结构用心良苦的创新，今天，在这些形式的背后我看到诗人那无能的对天主教的宣扬和对生命的幻灭，以及由对时世的空幻感而产生的历史循环论。我不禁问道：诗人和诗歌难道没有更有力更明朗的前景了吗？而回答我的是遥远的《嚎叫》（该诗有"50年代的《荒原》"之称）。

作者是美国"垮掉派"诗人金斯堡。据说他不少诗是在酗酒后写成的。《嚎叫》狂热地揭露美国社会的阴暗面,让人看到了资本主义社会生活的混乱和残酷。该诗甚至将美国社会喻成"人肉的筵席"(意译归纳),而这是否就是世界或未来的世界呢?如果是又该如何是好呢?诗人将疑问与解答一同留给了读者。从更广的意义而言,英国的"愤怒的青年"、西德的"重返家园的一代",和日本的"太阳族青年"也都是垮掉的一代(The Beat Generation)。面对他们悲壮的反抗和轰轰烈烈的青春,我默读着别人对他们的评价:"以愤怒的鞭挞自己来代替对仇敌进行鞭挞。"而稍后起的美国自白派诗人则干脆地说"自杀是一门艺术"(女诗人普拉斯语),其中颇有几位肤浅而复杂地死去……

尽管《荒原》在语言、结构和抒情观念上与后来者不同,而就精神氛围和对社会"有破无立"两方面而言,又是近似的。难怪有人认为《荒原》已无形中奠定了这个世纪诗歌的基调和框架。

对荒原的建筑尚在进行，诗歌的意义真的"到语言为止"吗？没有回答。我只听到波德莱尔那越变奏越深刻的话："恶之花"——"病态的花"。

就是这样，诗歌尚无结果，一切尚无结果。只见敏感的诗人痛苦而来，揭起反叛的大旗，轰动一时，然后蹩脚走上领奖台，俨然大师，俨然经典，优哉游哉，殊不知另一批诗人已悄然来革他们的命了。如此反复。诗人们打倒了神坛上的一切，向最世俗的生活迈出了一步又一步。而诗人前进一步，人后退一步。静静的，人的生活垮了。

诗人也与此同时打倒了自己，根本来不及从崩溃的神坛上退去，一切湮没在神坛里，无人清扫。词语的狂欢汇成了诗歌的危机。

危机在于丧失倾听，而罪不在听者。人们为了生活丧失生活。诗歌不再是娱乐，不再是一种生活，不再是有力的引路人，而转变成一种精神上的压迫。

诗人在反抗"异化"之时,却加强并恶化了它。在人们眼中,这些痛苦的灵魂,不过以拯救者的身份朗诵些挽诗罢了。只有无闻,只有无言。这丧失倾听的时代也就是徒有挽诗的时代!

人的挽诗,生存的挽诗,也就是诗歌的挽诗。

二

值得深思的是:挽诗越悲壮,诗人的雄心和生命力也就越消解。这使我想到庞德曾说诗人是"民族的触角"。这当然是对诗人敏感并富有预见性的精巧比喻,而这不是也正暗暗暴露出现时代诗人苍白、脆弱、缺乏向心力,重形式而怠于行动的一面吗?

是的,我们不会对这字面上的分析感到满足,我们也无法理直气壮地举出一个"上下而求索"的诗人。因此,与其将"无所谓胜利,挺住就意味着一切"(里尔克语)奉为诗歌箴言,不如大胆承认失败,接受失败。也只有败退一步,才会直视到现时代诗人和诗歌的历史巨变。虽表面上"上天无门,下地无路"(尤其无法像李白那样上天入地),实则进入了诗歌的新时期——诗人开始了"超低空飞行"。这里没有九天中的自由,却更真实;没有大地上亲切安稳,却更全面。这正是个可以从头到脚摒弃好高骛远和拘泥自缚的机会,一个更广阔更"诗"的时期。于诗歌而言,这是一块处女地,却已染上了人类的弱点。超低空飞行仍面临"高处不胜寒"的窘迫,并有跌下来的可能,自救也就和救世的使命艰难合一了。

具体地分析后,不难发现在超低空飞行时期,诗歌已担起(分享)了散文、小说甚至戏剧的部分任务,这并非只是艺术体裁的简单融合。在深层次上,它意味着诗歌自身艺术魅力的觉醒和扩展,当然其中充满危险。社会生活的深刻变化使诗人无法再像十九世纪之前那样坦直地抒情,也无法胸有成竹地言志(这两种情况下,叶赛宁真是个奇迹,而海子则是诗歌新纪元的先声)。像一条曾在平原任性流淌的大河,突然来到了崇山峻岭,一下子变得深沉、曲折、悲悯,在压抑阻挡中激荡着。它虽不得不顺从重力的法则,却无时不在寻找着突破口(最典型的是希腊诗人埃利蒂斯的《理所当然》,在创新时,将"今"对"古"进行融合)。诗歌的内涵和表现力空前扩大,想象成为想象的想象。尤其在技巧方面,短短两百年几乎走了过去几千年的路(心理分析的方法更是在各个方向上渗透着):题材和内容则由贵族→平民,由英雄→人;在审美时审丑(可惜远未统一);思想也由重颂扬转向现实批判,即由幻想到幻灭。诗人以空前的规模像哲人沉思,像小说家重现实,像剧作家驾驭矛盾。成绩是耀眼的,而代价也因此夺目:伴着晦涩的简洁，伴着简洁的不安与挣扎，以及那挣扎时尚未忘却的"诱奸"。人们敬而远之。《荒原》外是荒原。同样是这条诗歌的大河，曾让多少人在它面前心潮澎湃，今天它虽未枯竭，却泛滥于怀抱它的大地和人类。

"这一贫乏的时代……"

三

贫乏属于诸时代！

可怜的人们一代代养成崇古的思想，既定的遥远的一切总会令人安详并易接受。而以反始以反终的现时代诗歌则加剧了这一思想习惯，在繁忙中丰收的现时代诗歌（艺术）不得不面对荒凉。那么何谓贫乏?

是精神的贫困,还是物质的匮乏?两个字:兼有。这并非问题的解决,而是二度发问:何谓贫乏?古希腊文艺盛期的诗人是在内心思考这个问题的,伟大的悲剧向外生长、喷发,令时代和生活进入共同的思索和探求,一切悄然无声。而每个古希腊人都有理由相信自己和时代一同克服着贫乏。是的,古希腊的物质繁荣是较有限的(历史学家和经济学家有更多的证据),其科学是光明的,却难以称为雄厚。而他们以个人的突破(对神、酒神的颂歌和靠拢)和集体的生命张扬(狂欢和对悲剧的巨大参与),由此不懈地对贫乏进行抗争与改造。那是一种对世界的认识和支配上的贫乏,那是一种对大自然由畏生敬的贫乏,那是一种对神惧怕与渴望相交织的贫乏。人是幻想的,悲壮的,无奈的。这突出表现为古希腊艺术(尤以《俄狄浦斯王》为著)中可怕的宿命论倾向。"认识你自己"这几个字始终不动声色地包围着古希腊的诗歌和艺术。时代的贫乏压榨古希腊的诗歌和艺术，诗人与人则在这种贫乏中令诗歌和艺术独特、辉煌，却又有局限。我多想知道：伟大的荷马呀，你和多少人一同盲目，又和多少人一同歌唱？

时值十九世纪，三大科学规律得以总结，二十世纪初的相对论又使人类走向新的时空，对世界的认识可谓空前广阔：在认识自己和生命方面，最显著的是弗洛伊德的心理分析学和马斯洛的健康心理学。今天的生命科学（特别是方兴未艾的"克隆文化"）又正揭开新序幕。至于物质和经济方面的激增和壮大则更有目共睹（马克思于今当有更多的话可说）。这就是诗歌的处境！不必讳言，这仍是个贫乏的时代。日益呈现贫乏的深渊。

慧眼的海德格尔认为时代的贫乏不只在于神（上帝）之死，且在于短暂者不明晓其短暂，所谓时代的贫乏即痛苦、死亡、爱情没有显露。面对如此有力的断言，我想再说一遍：时代是永远贫乏的！无论中外，往昔的开明盛世并不比现时代缺少贫乏。不知当千万青年们疯狂地高歌"梦回唐朝"的摇滚之时，是否听到"冠盖满京华，斯人独憔悴"（杜甫写李白的诗句）的千古回响？而那正是古中国物最丰、治最明、诗最盛的朝代。因此，我大胆地认为真正的贫乏来自两大方面。第一，普通人生活在不满与渴望之中，这种不满与渴望是机械的，不断重复的，诗人也不过袒露自身，抨击社会，即停留在咏叹痛苦与上演悲剧之中，无力将美好的挽留，更无力将更好的实现。作为整体的民族和人类反抗并复制着痛苦，没能真正认清"幸福"，更无从战胜"幸福"。正是基于此，荷尔德林说"痛苦不好担当，幸福更难承受"。我们值得进一步相信：正视并战胜"幸福"是人的积极性和创造力的最高体现，而忍受痛苦则次之，甚至有时是被动的，当我们承认现代德语诗人黑塞所言"所谓幸福,就是拥有希望"这句话是机智、豁达之时,也应为其停滞不前而惋惜。

而人与人,人与生活,人与社会和世界的分裂,和谐与统一的丧失,这是贫乏的第二个所在。正因此,在那"大道如青天"的时代,李白会惊叹"我独不得出"。进一步的探究会发现第二点在本质上是一个"幸福束缚力"问题。幸福在这里成为知识、舒适、欢乐、自由和平等的合称。所谓幸福束缚力即小到个人、大到民族、社会和世界都无法在已达到的认识和成就基础上,进行融合,进行更全面更深远的追求和实现。相反,人类创造的一切,阻碍着人类和创造。听者与观众对诗歌和艺术的广泛不满与漠视,是最大的质问与催动。

时代的贫乏就此彰显。摆脱痛苦,战胜幸福,将是新纪元的诗人所面临的头等问题。

四

写到这里,再回首现时代的诗歌,很多问题便明了了。

1857·法国。《恶之花》破天荒地开放,人们震惊了……

1922·英国。《荒原》深沉地蔓延。人们茫然了……

1955·美国。《嚎叫》疯狂地呼喊。人们不再相信了……

这很容易让人想到"狼来了"的故事。我并不认为用它来形容现时代诗歌有何高明之处。我只久久疑惑:诗人敏感而痛苦,所讲的是深刻的现实,可为什么善良的人们不断远去。如果说现时代喧闹的诗歌并未无异于沉默,那么,诗歌正走向哪里,又能去哪里?在这贫乏的时代,诗人打碎了一切,废墟上横陈着他们破碎的挽诗,令人痛不欲生的挽诗,而从西方到东方,从南方到北方一片"喧哗与骚动"。区区挽诗真好比"箭射入大海"(鲁迅语):没有浪花,没有回声,甚至没有目的。人们盼星星盼月亮,盼到的是黑暗!出现写诗的比读诗的人还多的局面,则是不正常中的大正常,不幸中的万幸。想当初,(将)缚身于十字架,无从复活的基督也只得垂头倾听责难——瞧,这个人!

总之,一旦没有"统一的创建去创建统一",诗人和使命,诗歌和意义便脱节。现时代是挽诗的时代,而创建所需要的是坚韧的献歌,伟大的献歌。由此,现时代也就是个过渡的时代,即由挽诗向献歌的过渡。在这种过渡中,许多问题必须重新拷问。这实在需要一部有力的书来阐明。在这里,我先就最紧要者讨论下去,现时代诗歌的探索粗算来便有象征主义、唯美主义、表现主义、达达主义、超现实主义和未来主义等。看似形式已用尽,题材已烂熟,主旨已难出新,仿佛来到了诗歌的尽头。而我认为,这正是诗歌自新的真正契机,诸如孤独、恐惧、病痛、凶险、战争、死亡等一切可以用痛苦来涵括的东西,已经被用得只剩一副空壳,一副臭皮囊,实质已窒息而亡。可敬又可怜的诗人呀,请别再为了痛苦而痛苦,为了悲剧而悲剧。在这个时代,你可看到:真正的痛苦和悲剧已被摧残了。徒存词语的夸张和可悲的喜剧趣味。谁还想在老路上藉此震撼人,那就是在亵渎生命,那就是虚伪。在这里,有必要承认:曾真实的一切,尤其是痛苦,已难以激起人们的同情、共鸣和振奋了。换一角度而言,战争、苦难等都可怕地存在着,但人要活下去,要在这种痛苦中活下去。诗歌等艺术所表现的痛苦已在自行消散,已无法使现时代的人用以战胜生活中的痛苦,幸福问题自然上升。幸福已开始统摄光与暗,理想与现实,并在统摄着幸福的同时,统摄着痛苦。因而认清并战胜这总体涵义上的幸福便成为诗人的使命。

这种使命也就是还真理和真实以力量,并为二者的运行开道。有两种诗的诞生成为可能和必然。

第一,挽诗+献歌。简单地说,就是在破坏的同时,指出新生的希望与方向。这首先是对现时代诗歌的清理和突围。海子正是这样的诗人。他在诗歌生涯的途中写道:"我们会把幸福当作祖传的职业/放下手中痛苦的诗篇。"长子往往是被牺牲的。海子因此是一种诗歌的良心和精神。我崇敬他,并愿完成他未竟的事业。

第二,献歌。全新的创造一种生活方式,一种艺术的生活,健康的生活。让人变成诗,而不是用诗掠夺人,诱奸人。一句话,让生活和诗歌统一。这较第一种诗更需要大胆、生命力、预见性和创造的精神。这是真正的具有实践能力的诗人。这是自信而走向远大的诗人的努力方向。

事实上，真正的忧患和悲剧永远是需要的，我只是觉得在这个人们连死亡也已麻木的时代——贫乏的时代，人类太疲惫了，人们渴望平静、欢笑、和谐与统一。而这也正是为诗人和艺术家们所漠视的。在这些可以用幸福来指称的东西背后，同样隐含着巨大的悲剧。诗人从这里入手会更有新意和力量。对这样的诗歌，人们将给予真诚的倾听。有倾听的诗歌才是完整意义上的诗歌，才是时代的强音。

从长远来看，真实的幸福与痛苦都是诗歌诞生的源泉。真正的诗歌是唯真理的。只因为那是人安居的地方，是家乡，更是家乡的屋顶。这坚定了我用海子的诗句结束这篇文章：

用幸福也用痛苦

来重建家乡的屋顶

下篇（诗歌的突破）

现时代是个过渡时代，这不仅指由挽诗向献歌（破坏向建立）的过渡，从更长远来看，诗歌正面临一场伟大的突破。

人们大都相信这么一句话：诗歌是诗人的生命。事实上，诗人的生命就是诗人自身，也只能是诗人自身。我更相信"诗歌是诗人的生存方式"的说法。在这个时代，它有更深层的内涵和外延。

在所有称呼中，我最青睐的正是"诗人"。有理由相信老祖宗在使用它时，已暗暗意识到诗人是最平民化，最亲近，也最具人性的。当科学家、史学家、艺术家、专家等动辄为"家"之时，诗人保持着本色。而长久以来形成一种令人痛心的现象：诗人的风流韵事被泡在茶里，一杯又一杯，而诗句则如心灵上的尘埃，随风摇曳。当诗人的影响大于诗歌自身魅力之时，这并不一定是好事。像常人一样生，一样死，这才是有血有肉的大诗人，如莎士比亚，如歌德。莎士比亚的一生则更显纯朴，也更"神奇"（当然其中不乏历史因素）。他们的一生仿佛在说，诗歌和诗人的吃喝拉撒，以及人格、理想、实践等是一体的。一味追求圣洁与神圣，或将自己凌驾于他人，这都是十分牵强的，诗人急需做的即恢复常人的姿态去生活。不必标榜自己，不必故作清高，不必奢求不羁、浪漫与疯狂。诗人是什么人就是什么人，要体验常人的遭遇，也要享受常人的幸福。谱写出常人想说而未得说出的心声。一旦选择了诗歌这一生存方式，也就成为了诗人，也就难以避免自娱，难以避免以诗歌谋生，甚至难以避免因诗歌而走向迷途。谁也无法因鄙视这一切而成为一个大诗人，诗人真正伟大之处，在于如何正视这一切，并将它们的危害降到最低限度，最终将从中获得的心灵震撼上升为本民族和全人类自信自强的诗篇。一句话,诗人创作时是诗人,放下笔就应该是诗。因为真正的生活就是这种诗。

如果说诗歌还是神圣的话,那就在于"生存方式"在最深处就是诗人的命运——直至诗人死后。

认识到这一点,才只是前提,诗歌的突破在于如何回答这一"命运"。

从创作的方向和目的来看,诗人对待命运(诗歌)有三种态度。第一类,为艺术而艺术。历史证明,这样的诗人多半走向唯美主义、形式主义,而更远处等待他们的是空幻与虚无(如王尔德)。第二类,为人生而艺术。无论作者数量,取材范围,表现深度,还是作品影响力,都比第一类多些、广些,深些也大些。第三类,为政治而艺术。这个问题很复杂,裴多菲和后期的郭沫若就是其中两大代表,前者是为民族解放而歌唱,后者则是粗糙的颂诗;前者的诗歌是在上升,在解放人,后者则相反并且动机可疑。

毋庸讳言，以上三种态度都暴露出诗歌的独立性、艺术性与诗人的使命的脱节。诗人是"为了什么"而写诗，诗人是艺术、人生和政治的奴隶。

暗暗地，诗人们渴望着主人的地位。正在这时，马克思再次说道：以往的哲学家只是在"认识世界，而问题在于改造世界"。同样，诗歌的突破也在于这种改造。改造是主动的，也就意味着诗人不应只是"愤怒出诗句"，而应把广义上的幸福（痛苦和幸福的总和）作为全部的题材和庄严的推动力。在今天，尤以对狭义幸福的战胜为重要（详见上篇）。另外，值得注意的是，以往的诗人也在进行着改造，但就力度、自觉性和持久性而言，这种改造用"影响"一词来表示也许更确切。新纪元的诗人将不甘于做幻想家、预言人、抨击者和颂诗诗人，他们要成为创造者和改造者。我今天一直叹息这种改造的中断——健康之路的中断：

十八世纪末和十九世纪上半叶是浪漫主义和现

实主义真正形成"主义"之时,也是诗歌的蜕变期,就是在这种顶峰状态,"诗歌"便和"健康"分道扬镳了。其中最为可惜的代表人物是拜伦和巴尔扎克。

拜伦从小颇具反抗精神,在英国国内便为自己而歌唱和战斗。后来更是将自己的财产、健康和生命都奉献给了希腊人民和希腊民族的解放大业,人们都相信他将诗性和希望留在了人间。而雪莱则很早就从他身上看出"贵族思想的遗毒",马克思则更有感于他逝得其时,否则怕会转化为"资本家"。两位对诗人最了解也最爱的人的话,让我们在缅怀拜伦时陷入深思。

巴尔扎克是十九世纪最向诗靠拢的小说家。他曾于近而立之年在拿破仑的石膏像底写道"彼以剑锋未竟之业,我将以笔锋竟之"。而时至今日,谁还会卒读他的《人间喜剧》?恐怕批评家们也不过瞄准他的几部作品说来说去罢了。艺术作品的失落不正是对艺术理想的最大冲击吗？

尽管结局不够完满，也无人继承，这两位艺术大师已用生命力践行了各自的诗歌（艺术）理想。他们的一生真正是诗歌的一生，诗歌是他们的生存方式和生活，他们所做的工作已带有改造世界的性质，如拜伦赴希腊，如巴尔扎克试图完成拿破仑的事业，他们是诗歌突破的先驱，可惜的是这种突破也在他们那里中断。

中断不是偶然的。几乎在同一时期，尼采道破了天机——上帝死了，"上帝之死"的内涵是"人死了"。在共同的历史背景下，马克思指出了"异化"的问题。今天，这一切越发严重而明显。社会生活的深刻变革打乱诗歌原有"秩序"，个体的诗人变得忙乱而渺小。而这正是诗歌突破的艰难困境和伟大契机。

也许"上帝"是第一位诗人，是创造者。他死了，诗人要想突破，就要成为创造者、继承者和改造者。改造首先是从自己开始的，也就是说，诗人要自觉地把诗歌作为一种生存方式和生活，该干什么就干什么，怎样有效就怎样干，诗歌要像生活一样自自然然。紧接下来，是改造社会和世界，一个诗人的努力是不够的，这要求全体诗人向社会生活的挺进。当诗人自觉地改造意识形成后，诗歌也就来到一个开放的世界。

写到这里，我可以大胆地说：作为生存方式，诗歌从无限来到永恒去。第一，这种"无限"不只是针对超低空飞行时期的复杂情况而言的，它是诗歌自身发生和完善的源泉。人们常说"有一千个观众就有一千个哈姆雷特"，而就创作而言，有一千个观众（人）才有一个哈姆雷特。这已不是多么新鲜的观点。但这说明，深厚的生活积累对诗歌典型塑造的重大作用。第二，荷尔德林认为诗人必须"在神圣的黑夜，走遍大地"。这一方面强调了"无限"的范围（大地），并指出诗歌不是单一静观,不是苦思,是"走遍",是一种博大而艰辛的历程。另一方面,荷尔德林告诉我们诗歌是"夜"里的事情,是对光明(永恒)的信仰和挺进。而光明(永恒)是不可抵达的,甚至是不存在的,因此,诗歌永远是对一切难能而可贵的拷问和探索。它拷问和探索永恒与幸福,而不会为它们所囚。第三,"一切噪音进入我的语言/化成诗歌与音乐。梨花阵阵"(海子)。这是从全局和深层次上对诗歌的信任和期望,这如同说,"无限"是广阔的,开放的,久远的,但也是混乱的,甚至是"噪音"。而诗人正是来把这一切净化成诗歌和音乐的,净化过程及其结果都应是健康的,也就是说要美,要自然要充满生命力——"梨花阵阵"。这或许就是没有永恒的永恒。

　　不难看出,前两点是诗歌突破的准备和基础,而第三点则确实是一种改造了,尤其是"化成"二字。"化成"也意味着将不可能的变成可能,让混乱的变得有序，使狭隘、渺小走向开阔，说到底，是把诗歌变成一种生活，再把生活还给人。

这注定艰难，漫长。

而诗歌真正的突破，从此静静地开始了。

我对诗歌的突破充满着信心。我几乎认为专业化诗人的存在是与诗歌的意义背道而驰的。只有当每个人都把诗歌作为一种生活，创造并改造一切，这时才存在真正的诗歌——无限热情、思索和力量的人全都在"永恒的进行曲"之中，以开天辟地的自信和自强精神，投入那人类的"大合唱"！

1997.5

诗歌的品格

雨在窗外下着,声音来到屋内,在我和墙壁间徘徊,然后又回到雨中,我不知该说些什么,亡灵闪烁,我不知赞美或诅咒什么。近几个月以来,想象力遭受巨大的充塞、压抑、挑战以至摧毁。大道万千,踏上哪一条都和亲友们以及背道而驰的人擦肩而过——来不及爱也来不及恨,徒有悲喜交加。是的,所有路都是一条路:拷问流通中残疾的想象力，再创新鲜思维，从受伤的肤发和筋骨引出新的生命……雨就这样落满这一夜，落在手心上，很凉。春寒料峭，该赋予诗歌以壮丽的品格了。

近百年来，白话诗的品格尚未真正诞生，黑魆魆的磐石并未在高谈阔论和"拿来之物"中释解。那贯通诗歌的品格迟迟未至，只有些许不断重复的瓦砾、扭曲的影子、艰涩的指纹和脆弱的忏悔……坚韧强健的反省无处插足。我们枯坐着，对国外对世界对诗歌的摸索总让人感到隐隐的肤浅和短暂，我们对先贤对自己的"前生"，对古老格律的追溯和融铸越来越显出浮华与松垮的一面。脚下可雕可塑可死可生的土地在后退，真诚有力的再次耕耘归于虚幻……

焦灼而虚幻。曾让屈子和李杜惊奇地彻夜难眠的东西消散在黑暗里，很大程度上这就是诗歌品格的丧失。诗歌的品格主要是指诗歌的品质（令语言成为活的语言）和诗人的人格（使生活化作灵魂的足迹）面对世界的联理与成熟。"她"源于诗人对艺术的神圣信念和驾驭现实的才情，是痛定思痛后语言的伟力和美。"她"是跨越时代的，具有继承性、自足性、预言性和开放性，她是一种盲目（宿命的）——澄明——再盲目（命运的）的身心历险。

我们的期望越高，悲剧越大。疲惫不堪的大地无力清除时间的垃圾和空间的废墟，诗歌的品格无人问津。

其实，我们根本不知"津"为何物，它所标志的河流名为什么，源于哪里，又归向何方？这时，无船是莫大的幸运，然而，波浪怂恿着舵和桨，这迂回的船老而弥美，枯而弥坚，令我们不安、浮躁以至疯狂。这船该经历了多少惊涛骇浪，又在粉身碎骨的浪花中送走了多少春季（这正是我们置身其中的季节，空旷阵痛中的季节。乍暖还寒，百无聊赖），但从未曾停歇：在第一个漩涡里留下静寂；

在第一场雨中迎风歌唱,天上的水,地上的水,打湿他或她的面颊;在第一次高潮时笨拙地记下悲壮而悠久的往昔。出乎意料的是,只看了一眼,便丢在了水里,水很冷很急,也很有耐心,大地和天空在此刻激越而宁静。一只雄鹰随即掠过天际,山林于是拥有了自己的主人和真理。鹰说:只有水,船从未存在,只有水。

是的,连人们生于斯长于斯的船也需要理解之时,就只剩水了。

流逝。

此后的事我们所知甚少,据说全刻在死亡和沉默之上,刻在水上。有片红叶曾背叛这一切,记下这一切,红叶,千载浮沉的红叶,红叶哟红叶,你不在哪里,你又在哪里?

此时此地,雨残酷而神奇,也就是说:同一滴雨也滴在他人的窗前。夜色撩人,这便是脉脉含情的视野。这是一滴放弃天空的水,走遍天空的水,无比干渴的水,水滴石穿,一种恢宏的品格正艰难地闯入尘世,敢闯就是美!

1998.3.26—3.27

通向格律之门

黄金在天上舞蹈

命令我歌唱

————曼德尔施塔姆

0.

这压根儿不是什么论文,而是一封回复给诗友的公开信,正如他的那个电子邮件并非仅属于我一人一样,所有可以或愿意读到此信的朋友都可和他一同感受其中的些许声音,他在信中说写诗变得很容易——技巧已超越思维和情感而成为诗歌的一部分,他厌倦了。放下笔,他呼唤新的形式新的自由。

就是在那个沉重的夜晚,回忆、告别与思索的夜晚,我感到:诗是难的,而最难的关头还在后面……

1.

你可曾想象　一种声音击在胸口

击在胸口　并且倾心在体表奔走

不管有无挽留　这声音仅此一次

仅此一次　直到神圣的死亡临头

这首诗写于1996年2月春节前后,是在公共汽车上一念之间产生并基本定型的,那时我甚至相信"天启"的存在:有一种声音将萦绕我一生,并迫使我作出呼应,当初称之《绝句》也许仅仅因为背过三四百首唐宋诗词,因其形制自然而然冠以此名,不过,这至少对我个人来说是至关重要的。

我真正开始对中国格律诗的博大精美进行关注与回归是1997年大学毕业前后的事。时年二十三,这是一个人的自信最受考验、自强与否也最为关键的一年。

大学四年,一直未进诗社,倒不是有何成见,相反我对诗社成员的前卫与锐气相当赞赏,但总觉得和他们(写作的态度和技巧)不是一条路上的,也许在一段较长时日后才会相聚,也许将各自扬尘——诗的可能性实实在在太大了,我注定要将格律化的牢底坐穿。

2.

也许是中国的独特历史背景,我们这一代中许多人习诗的顺序比较特别,即先较短暂地关注北岛、顾城、舒婷、徐志摩、席慕容等人,转而接受外国诗人的影响(甚至是决定性的影响),然后又逐渐发现国内新诗的先行者或老祖宗们有广阔的资源可供取法与学习。当然也有诗友是在汉语诗人的直接影响下起步的(我的起点以后谈)。

从哪儿开始并不很重要,关键是如何穿越自己。

尽管我是一个非常崇尚国文、国学和国粹的人,但我不能否认西方大师中有人重塑了我对真诚的理解(如拜伦、索德格朗、兰波和金斯伯格),有人启我以玄想(如斯蒂文斯和博尔赫斯),有人示我以叛逆和宏大(就此而言,雪莱和波德莱尔是瑰伟的烈火）。可能让我受益终生的是"二叶"：叶赛宁和叶芝。前者曾短暂跻身俄罗斯意象派，终以其"大地之喉"的本色和天赋成为诗人中的莫扎特，"永远情不自禁的莫扎特"。他对乡土命运的敏感与咏唱令我震惊，也许他的诗还可以更广阔些深邃些，但他清澈的韵律有如忧郁的天籁抵达了一种至纯的境界，顺便说一下，他的诗作大部分被谱曲传诵，尤其是迷人的"波斯抒情"组诗。他是真正属于读者的诗人，听众的诗人，民众的诗人。还有一些诗人是"诗人的诗人"，或者说他们的诗对诗人的影响极大，却不易下达于平民百姓，这样的诗人如博尔赫斯、瓦雷里和兰波。

叶芝是作为象征主义大师名世的，在我眼里他的伟大在于他超越了他的主义和流派，他的许多大部头作品暂且不谈，他的不少小诗给人以人神合一之感（如《丽达与天鹅》），而那首《当你老了》堪称20世纪最雅俗共赏的诗作，澄明之至令人过目难忘。相类似的还有里尔克的《秋日》。

妈妈，梦……

妈妈，梦见我狂醉的妈妈

故乡的野兔喜得贵子了
她全家跑过幸福的温榆河
妈妈，充满奇迹的妈妈
请熄灭远方这朴素的歌

也请熄灭你朴素的叹息
富饶与贫瘠正睡满大地
勤俭的风拾起片片落叶
白茫茫的秋天万里沉寂

乌鸦第一次双双高歌
你看在眼里，暖在心窝

老鼠偷粮食献给母牛

你抬起头说"一切都没罪过"

妈妈,你总是悄悄地回忆

当初的孩儿该多么淘气

两把大火烧伤你温暖的心

甚至用脏拳头搪你的手臂

午夜的狗叫是我的脚步

玩耍着躲藏着很少干活

乡亲们叫我捣蛋的"孔老二"

多少个昼夜在打骂中蹉跎

你和父亲生了无边的气

我和哥哥就是不知努力

游走乡间的岁月,一去不返

游走乡间的岁月,浪漫不羁

妈妈，你从不曾绝望过

从日出忙到金黄的日落

将田野搬上诚实的饭桌

让温榆河流成向上的歌

终于，儿坐在屋顶迎风哭泣

妈妈，你可记得此后的日子

挎着破书包，我一路跑去

用奇迹点亮你孤独的眸子

衰老的妈妈，美丽的妈妈

成长的痛苦从未离开过我

夜里走失的马是否还活着

阳光下的花是否全部飘落

这已是世纪末的第十二月

夏天将雷霆珍藏在黑夜里

一告别您我就四海为家

雨暴风狂那是真理在积聚

雨暴风狂那是真理在生活

妈妈，请熄灭这不幸的歌

妈妈，请熄灭这不朽的歌

当雷霆从您头顶一掠而过

妈妈，梦见我狂醉的妈妈

（1997）

  这首关于妈妈的诗写得很顺，是一个"城市人"对故土的回眸，有一种青春的勃发有一种隐隐的无奈，它可视为对自己旧有写作素材的一种告别，也正是在此时，叶赛宁诗中音乐部分对我的影响超越了其文字部分。

在写此诗的前后,我幸运地发现现代诗歌的先驱奈瓦尔(如十四行诗《黛尔菲卡》)、坡(如著名的《乌鸦》等)都严守格律,在恶中寻觅花朵的波德莱尔更是对源于马来语的"板顿体"(pantoum)诗有所青睐,依其写下《黄昏的和声》这样的优秀之作,而正是在他那惊世骇俗的诗集《恶之花》中严谨的十四行诗(sonnet)占了不小比例,如果再加上超现实主义先驱阿波利奈尔(如文词深沉、音律妙动的《米拉波桥》等)、霍普金斯对"弹跳律"(sprung rhythm)的喜爱,以及魏尔伦"音乐先于一切"、马拉美诗要"音乐化"的提倡,有些东西便看得很清晰了,更有趣的是以《荒原》的形式自由大胆和精神反叛而求索、空幻而悲悯著称的 T. S. 艾略特,他的不少小诗(如《海伦姑母》中多数行押了韵,《河马》则运用了相当严谨的韵)和集大成之作《四个四重奏》都是在谐律的同时诗思驰骋的,将眼界放得更宽一些会发现现代派诗人中或多或少写下格律诗佳构者可以列出一个耐人寻味的名单：洛尔卡、加夫列拉-米斯特拉尔、史蒂文斯、黑塞、帕斯捷尔纳克、博尔赫斯、弗罗斯特、聂鲁达、塞弗尔特、帕斯……由此我认为19世纪末20世纪初现代诗的兴起过程中有一个重大的趋向未引起足够的重视（汉语诗人做得更不尽如人意），也就是说现代派的叛逆精神和形式上的随意得到了强有力的张扬，而其形式上唯美的探索被中断或削弱了，形义都自由的诗、毫无拘束的诗、散文化的诗大行其道，格律被视为"妓女的贞节牌坊"拆除了，被当作脚镣摔碎了。自由！自由！自由！自……自由！

就这样，内在的韵律取代了形式上的格律，自在的节奏取代了外加的节奏——在中国这种摒弃更加坚决，也许汉语言的构造太独特，持汉语写作者所处的环境太局促了吧。

3.

我时常会想到一个词——断裂,对,断裂!小而言之,一个胸有几百首古诗的现代汉语诗人并不能轻松地将之化为鲜活的新声,好像古诗的措辞、用典、押韵、造境、行文在白话面前都"阳痿"了,想想李白那么自如地将"子夜秋歌"等民歌化作《静夜思》等传世之作(其间的时差也有几百年),我等真是汗颜。

为什么古人常常能顺口吟出些诗词呢?是他们的诗歌天赋高还是我们的水平太差?除了科举中以诗取士的重大体制因素以及当时文言的统治地位的影响,我认为很重要一点就是唐诗(绝句和律诗为代表)、宋词(或豪放或婉约的长短句)的写作方式——主要指格律规则的渐渐形成和沿革,成为一种模本,大诗人可以在其中纵横捭阖、尽情翱翔,一般的文人亦可摸石过河、依样描红。也许有人会反驳道：正是这种诗歌模式与清规戒律将汉诗推进了死角，以至近一两百年来一片贫乏。诚然，此言不无道理，但若从诗歌的发展和普及的角度而言，格律的生成、定型、推广、沿革着实大有裨益。无之，大唐诗歌之盛、两宋及有清一代词之妙是难以想象的，甚至连元曲之散逸之美也是不易形成的，至于陈陈相因、故步自封、因律废意以致汉语诗歌老化僵死，对此，格律无罪，真正可疑的是那段历史、那些运用格律的人、那些墨守成规的诗人。

记得鲁迅先生也曾讲过现代汉诗音律不够谐美、难以记诵的话，看来如何创新是个大问题了——让白话诗具有与文言诗相似的格制、妙韵与谐律。其实自现代汉诗诞生之日起就有一些可敬的格律化的探索者，如闻一多（《死水》等）、朱湘（《采莲曲》等）、徐志摩（《雪花的快乐》《再别康桥》《沙扬娜拉》等）、戴望舒（《雨巷》等）、卞之琳（《断章》等）、食指（《这是四点零八分的北京》等），林庚、唐湜等人也进行了许多卓有成效的研究和探索，无论别人怎样评价徐志摩，我对其优美的韵律始终推崇，望舒先生的作品兼唯美与象征则更具现代性。

闻一多先生曾提出著名的"三美说"，即诗歌要具有音乐美、绘画美和建筑美。——诗要带着镣铐跳舞，这恐怕和老杜那"思飘云物外，律中鬼神惊"的话不无渊源。杜甫在唐人中（甚至在整个汉语诗歌史上）对格律的追求与贡献均无人企及。学者们对他的诗歌取材（民情民事民声）谈得已很多，这里我谈谈他的另外两句话。一，"诗是吾家事"——不无自豪地将诗歌作为一种世代相传的手艺、一项维系生命的事业。二，"为人性僻耽佳句，语不惊人死不休"——将语言提到了生存的高度，这是一种可贵的语言上的自觉，诗歌因此热血沸腾并充满本体性、使命感和韧性。

老杜关于"思飘云物外,律中鬼神惊"等话的的确确在我动摇时坚定了我无韵不诗的信念,而谪仙人"清水出芙蓉,天然去雕饰"则告诉我要自然,自然,自自然然。两者看似矛盾,其实不然。

老杜至少强调了两点:想象的高远与对格律的超脱要出神入化,无出色的想象也就难以真正走出窠臼,而一味描摹只能败笔累累,务必给严整的规范以新的可能——敏察它的缝隙并挖掘其潜在空间,二者不可偏废。李太白则告诉我们要崇尚本真,他的真是"返璞归真",或谓"虽为人作,宛自天开",杜甫不是也曾说过"清词丽句必为邻""随风潜入夜,润物细无声"吗(也许他的心境和环境都太沉重了吧,他十分空灵的诗很少)?"真"不是静态的,而是指人对其的体认与回归。它是一个过程,一种坚守与回归。正如真正的孩子是幼稚的,而永葆一颗童心则难能可贵,至于有人认为有了人为的影响与痕迹就破坏了美,这多少有些幼稚,在我看来,真正的艺术家并非上帝,他只是一个反叛而勤勉的"通灵者",就某种意义而言,他(她)是所谓的上帝的对立面,迫使上帝学会谦虚,变得好学,伟大的诗人总是要和上帝(造物主)竞艺,再造自我并冲延生命的极限,这个过程有如西绪弗斯的"推巨石"和过客的"息不下",这种知其不可而为之的举动本身就是一首大诗。另外,美并不拒绝一定的束缚,就好比广阔如海者也需要依靠海岸。

4.

音乐家讲究节奏(如重音、节拍和速度)、旋律(曲调)、结构、音色(主要决定于乐器的材料和构造)、曲式和调性。好的格律诗至少应注重节奏、用韵和行与行间的均齐这三点,"时间"和"音响"使诗的内容更加饱满——格律升华意境。

韵是诗歌中语音的可靠的落脚点：韵是最直接的音乐因素，带来阅读兴趣和快感，韵还能团结诗行、营造诗意、古今中外的诗韵是丰富多彩的，仅就四行诗而言，其韵就包括交韵（abab）、抱韵（abba）、偶韵（aabb），和鲁拜韵（aaxa）等。

即便有人再抑海子为"青春写作"，我也从不隐瞒对他的推崇。

> 荒凉的山冈上站着四姐妹
> 所有的风只向她们吹
> 所有的日子都为她们破碎
> ——海子《四姐妹》

正如西川所言海子"为歌唱奠定了基础"，不过，他的作品中真正的谐律诗并不多，他甚至是有意避开格律而歌唱的，不过他仅有的一部分谐律之作已让人感受到他那一泻千里的才情。

从本诗不难看出他用韵的精到——美妙且与要表达的内容水乳交融。以 ei 或 ui 为韵，"姐妹"（名词）被风"吹"（动词）且又默默接受破碎（动词），"腰韵"（为）也起了一种过渡性的作用——吟罢深思，区区一韵多少凄美！

海子在节拍上并不很在意，尽管他的语感神奇而敏锐——读读他二十岁时写下的《亚洲铜》就会颇有感触。即便是字数均齐的《黑夜的献诗》中的前四句：

  黑夜从大地上升起

  遮住了光明的天空

  丰收后荒凉的大地

  黑夜从你内部上升

我们也很难像划分绝句或律诗节拍那样（二三拍或二二三拍）来划，最好的办法是给鲜活的现代汉语诗划以宽松的节拍，如可给此诗划成三五拍或二六拍，这时我想到了十四行诗，对，就是十四行诗，就是这种盛行于欧洲并与中国的律诗和绝句有一定相融性的诗体，冯至先生的十四行诗很有独到之处，是汉语了不起的财富。

彼特拉克体的十四行诗韵式上阕（前八行）基本不变，为 abba abba，下阕（后六行）变化较多，主要为 cde cde；莎翁则偏爱交韵的 abab cdcd efef gg；奥涅金体为 abab ccdd effe gg，能不能把它们和我国习见的（a） axa 韵式相融合一下呢，在1996—1999年间我试着写了二十来首十四行诗，做了一些努力。

兰波兰波

一名学生。一名我没有教过的学生

说着我不懂的语言，做着我憧憬的事情

  和梦

卖掉书，解放双手
摘取属于夜莺的星并借助星光遗弃此星

胸中充满愤慨，身边没有爱情
徒有一人静静将你从巴黎和酒精中带入及
时的枪声
以后的事情要问非洲
没有回声。只见合欢树正在沙漠之外追逐
　　着风

追逐美。美曾经在你双膝上承受欺凌
美需要你的一条腿
于是你细长的右腿从一个阴影跳进另一
　　阴影

摸着黑，故乡轻轻造好病床，在书中列一
　　章将你欢迎

"诗歌,"你笑道,"她是谁?"

话音未落,你神秘的口型已改变了永恒

(1999.5.26)

海德格尔

城市仿佛饶舌的车前草停在陋室

邻居即上帝,咳嗽声被他自己打湿

于是听到出租车从格尔滑向海德

所经的道路消逝,只剩柏油和距离

赋予凌晨三点以灯盏,染红并打断

反复被引用的悲剧,舞台缓缓变暗

世界不再是背景,你也不再是角色

扮演着泪水,久久徘徊于人类彼岸

这么多话仍未抵达诗歌,这么多话

痛苦般协助玉兰花做着梦和加法

这并未妨碍哲人死去,死在深刻的

骆驼蹄下。今夜，骆驼就在这屋檐下

静候陌生人到大海里汲取一滴水

交给新的陌生人，骑上它荷月而归

(1999.8.20，上海)

注：复旦大学旁原有一个以海德格尔命名的人文咖啡馆。

《海德格尔》均齐，有如唐诗，aaba ccbc ddbd ee。《兰波兰波》长短句，有如宋词，aaba aaba aca aca。

谈不上成功，但愿听到回声。

5.

我摸索现代汉诗格律化的勇气，还来自于现代摇滚乐的巨大感召力。甲壳虫乐队的《Let It Be》《All Together Now》《Yesterday》，鲍勃·迪伦的

《Blowing In The Wind》等大量优秀的摇滚乐作品影响太大了，不知是歌词乘上了音乐的翅膀还是音乐复得了歌词这一筋骨，抑或二者相得益彰——先秦诗、汉乐府、唐诗宋词元曲大都可入乐，一想到伍德斯托克（woodstock）音乐节，眼前就会浮现出那狂热的大雨，以及迷醉的人群——艺术的力量如此宏大。听得越多，我越任性地认为，谐律在其中起着不可或缺的作用。

谈谈崔健吧，他早期最好的歌是两个"一"：《一无所有》和《一块红布》，前者一韵到底（iu/ou），干净利落，和内容完美地配合着直捣时代的心窝。

几位不爱摇滚音乐的朋友听了《一块红布》后不禁哭了，并由此渐渐关注崔健和中外摇滚乐。如果不是我一厢情愿的话，我认为这样的歌词简直有些可怕——温情与拷问一并袭来，让你无从拒绝——这不能说没有妙韵的神奇作用。

那天是你用一块红布（u）

蒙住我双眼也蒙住了天（an）

你问我看见了什么（e）

我说我看见了幸福（u）

一、四句押u韵，第三句押了近似的e韵，第二句t和an相拼，具有一拍即合的默契感和冲击力，其位置又像黄金分割一样使前后两句各得其所、相互应和。有一点重提一下：他的韵并不严格，律也不很齐整。

再加上对不少民歌的考察我发现，它们每一句的字数都不一定均齐，如《在那遥远的地方》《茉莉花》等，这一点很像"词"——大多为长短句——依韵律行乎当行，止乎当止，而且大可不必像古人那样同一个an韵或ong韵又按平仄等分为若干个韵部。在白话中不一定像在近体诗、词、曲中一样严格要求四声（平仄、音调）、韵以及行与行间的均齐（音节数、节拍），近似，近似即可，即任其成为自由的纯音节诗律——现代生活的节奏和现代汉语的语感使然。另外，堪称唐代绝句和律诗之冠的《静夜思》（李白）和《黄鹤楼》（崔颢）不都对其诗体有所破坏和超越吗？这也透露了不少信息。

6.

曾有人称苏轼竟不谙音律，心中有几分惊讶，的确如此吗？仔细想来诗词作者真正精于音律的恐怕并不多，像姜夔那样典型的诗人音乐家着实是"大熊猫"级的了。

内在韵律和外在形式的格律化要齐头并进，这有时会因押韵或遵循节拍而牺牲一些东西。但因诗的可能性之大、语言的可塑性之强，所以一定可以在严格或相对严格的韵律下产生新的灵感,甚至因此构成巨大的张力,"于无声处听惊雷","疑无路"时入"又一村"。而且熟能生巧(这方面可参看探索现代格律已久的唐湜先生的有关论述),相信真正伟大的诗人完全可能在阻力面前敏察到自己的潜力,并在"压力下"显示"风度与美"。至于诗人天生就应像印度大神湿婆那样迸发出"宇宙的韵律与生命的搏动",这并非什么奇语。

7.

(学者研究发现),没有韵式的无韵诗古已有之,如古代的希腊诗、拉丁诗、希伯来的部分《雅歌》均不押脚韵,仅靠节奏带来乐感。素体诗(blank Verse)是近代流传较广阔的无韵诗体之一,从莎翁等人的诗剧便可见一斑,另外,有一点需要说一下,现代自由诗也不是完全不讲格律的,同时,有无格律还涉及"晦涩"这一重要问题,尤其是我们在广阔的层面上存在着精神的滞后与萎败。诗人,真诚而敏锐的诗人有太多太多的话要说,格律的外壳往往就此破毁,接下去的依然是破毁,几乎来不及修复些什么……的确到了某种时辰了……我们中国的"诗歌"这个词有理由让"诗"和"歌"都释放出各自的芳香……

这篇文章、这些诗或词句只是小小的开始,同时我愿用它们祝愿现代自由诗(强调内在韵律)的作者走得更远——我也写了不少这样的无韵诗——生活和想象的启示性与可能性是我们真正的老师。

(本文在很多地方应感谢飞白先生的《诗海》一书)

2000年岁末,上海天通庵

一篇未定稿

——关于柏桦,或夏天与汉风

一

初读柏桦,应是大一时,几本第三代诗人的选集均收了那首《惟有旧日子带给我们幸福》,标题比诗行给我的印象还要深几许,昭示了柏桦至今诗歌的一大特色——向后!在先锋到死的时代,柏桦的先锋姿态是向后的。用他自己的话便是:"我天生就是一个怀旧的人,这个真是没办法,而且在过去的那种诗歌当中我会激动,真心的激动——所以会走这条路。"他的诗集名为《往事》,十年文选《今天的激情》里亦专有以"往事"命名的一辑,《左边》则为另一种往事情怀。他的"向后"不是尘土满面,而是一种拂拭,一种采掘。

我真正关注起柏桦是因了他写于1989年的那首《麦子:纪念海子》:

请宣告吧!麦子,下一步,下一步!

下一步就是牺牲

下一步不是宴席

不久前,柏桦来复旦演讲,还有人问起对海子的看法(这些年大凡诗人作演讲几乎均被问及这个问题,多多上次去同济亦然)。面对学子,柏桦说:不好说……还是不好说……恐惊天上人。

恐惊天上人——这是个美丽的答复。其实，柏桦是写过海子的，在《春日》一文里他视海子为"激越的夜莺般的抒情诗人"，"可爱的左派王子"，"他为中国文学引入一种从未出现过的闪电速度和血红色彩，……他所赠予我们的闪电之美、血红之美最终也将变成我们的形象之美、生活之美。歌唱还在继续，倾听早已开始……"

无论听演讲还是阅其文，我均能感到柏桦心情的复杂和柏桦其人的简单。

在讲座最后，我递上《往事》诗集请他为大家诵读《夏天还很远》一诗。他说自己最喜欢的便是这一首，可他读得并不是很好，有着一种匆促。

我是偏爱《夏天还很远》的，并认为柏桦是一个抒写夏天的妙手。柏桦在《左边》中引录《海的夏天》和《夏天，啊，夏天》之后，说"就这样，在火热的80年代中期，我以绝对重庆夏天的名义、以童年'蛋糕'的闪光反抗了另一位我不愿点名的

'下午'的女巨人",再联系到他说过:"命运的转折又在夏日!"以及在一篇近文里的慨叹,"可惜我已年届五十,对于盛大的夏日已有些厌倦了"……夏天在这位生于火炉重庆的诗人生命中的特殊性很是彰显。看了敬文东从"下午"入手对柏桦诗歌的分析,有启发,同时我觉得"夏天"之于柏桦的诗歌尚未引起足够的关注。在我看来,夏日有着怀旧、抒情、热烈、敏捷等特质,而柏桦的诗歌正是如此,这种影响包括"水深火热"的童年记忆上的,生理上的,心理上的……最终化为诗歌上的。其诗歌版图中的一个特区便是夏天,于这一主题他是有意为之的,在诗集《往事》中,标题中涉及夏天者有多首:《海的夏天》《再见,夏天》《光荣的夏天》《夏天还很远》《印度的局势在一个夏天平息》《群众的夏天》《夏天,啊,夏天》《1966年夏天》……还有一首《夏日读诗人传记》。

柏桦自是不乏"你向敌人购买春天""秋风正屏

住呼吸/啊,寒冷,你在加紧运送冬天"等奇妙的时间之歌,而终究是对殊异夏日的迷恋占了上风:

  我迎接过无数的夏天/随后全溶入悲凉的河流(《抒情诗一首》,1982)

  该是怎样一个充满老虎的夏天……//愤慨的夏天(《海的夏天》,1984)

  他表达的速度太快了/我无法跟上这意义/短暂的夏日翻过第八十九页(《夏日读诗人传记》,1989)

  瞧,政治多么美/夏天穿上了军装(《1966年夏天》,1989)

  而冬天也可能正是夏天/而鲁迅也可能正是

林语堂（《现实》，1990）

夏天不可尽言。

柏桦的夏天是"充满老虎的"、神奇的，是一种告别、一种悖论……在此，我不厌其烦地引录这样的诗句只是为了强调，不过暂不打算展开，我真正有意一谈的是《夏天还很远》。

一日逝去又一日
某种东西暗中接近你
坐一坐，走一走
看树叶落了
看小雨下了
看一个人沿街而过
夏天还很远

真快呀，一出生就消失

所有的善在十月的夜晚进来

太美,全不察觉

巨大的宁静如你干净的布鞋

在床边,往事依稀、委婉

如一只旧盒子

一个褪色的书笺

夏天还很远

偶然遇见,可能想不起

外面有一点冷

左手也疲倦

暗地里一直往左边

偏僻又深入

那唯一痴痴的挂念

夏天还很远

再不了,动辄发脾气,动辄热爱

拾起从前的坏习惯

灰心年复一年

小竹楼、白衬衫

你是不是正当年?

难得下一次决心

夏天还很远

(1984 冬)

很多人认为这是情诗,而柏桦在《皂角山庄》一文中说它是一首以父亲为原型的诗,在另一处又说这是"我和父亲的一种潜在的对话,我在其中展现了他年轻时代和中年时代的形象"。对于一首诗歌可以有多种诠释方式,甚至未必作者给出的原始动机便天然地最为精准、最具魅力,但是柏桦的话颇具启发性,于我便是立马想到传统,想到一个诗人精神上的源头。那种"一日逝去又一日/某种东西暗中接近你"的暧昧与紧迫,那种"真快呀,一出生就消失/所有的善在十月的夜晚进来/太美，全不察觉/巨大的宁静如你干净的布鞋"的无常与静谧，那种"左手也疲倦/暗地里一直往左边"的诡异与挽留，尤其是全诗最后一节，最后一节里最感人的又是那一句"小竹楼、白衬衫/你是不是正当年？"是年，诗人28岁，父亲的形象开始由遥远变得亲近，但是这种亲近感同时化作了对儿子的折磨——父亲老了，尘世变幻！无论是视之为生身之父还是母语和精神之父，"是不是正当年"一语均具有看似漫不经心却直抵肺腑的神伤与拷问。

"夏天还很远"这五个字的复沓构成了一种河水的流淌，传统的断续，诗意的跌宕，无论是从视觉上、听觉上还是从想象空间上进行考量，均犹如神来之笔。这源于"夏天"一词本身的复杂，源于"还很远"的迷惘与诱惑。

就这样，夏天成为对于"从哪里来"的一种暗示性回答，成为一种大于自我的丧失，亦可能成为一种"到哪里去"。

在这首诗歌里,诗人没有让"父亲"说一句话,父亲是个被言说的对象,父亲的形象归于无言;儿子的角色则是一个回忆者、演绎者和追问者。在儿子的眼里,"父亲"是一个个动词、色彩,和最终那个问号。

夏天在这里可以视为语言,可以视为传统,也可以视为刀与锋利的一种依存关系,这种依存就是相互的折磨、错失和苦苦寻觅。

二

柏桦在关于诗人万夏的一文中说:"宿疾是每一个诗人内心的普遍症候——诗歌中最秘密、最驯良的温泉,有时也是最激烈、最发烫的热泉。"依循柏桦的这一视角看去,他自己诗歌上的宿疾又是什么呢?我想,或许,一个为上文所述的夏天情结,另一个便是汉风之美。

在《今天的激情》里专有一辑就叫汉风之美,包括了《唐诗小传与唐诗人生》、《杜甫的新形象》(古)、《杨键的诗》、《关于韩东的小说》(今)、《对失去汉学中心的焦虑》(比较)等篇什。当然,他还有一部专书《原来唐诗可以这样读》,进一步的追溯可以发现对毛泽东诗词的倾心同样是一种隐约的汉风的吹拂。作为一个书写者,柏桦诗歌的真正起点并非1979年左右的新诗写作,而是早年的文言诗歌创作——"写过古诗,至少上百首"。从一系列的观察不难发现,这个诗人是那么青睐汉风之魅(至于究竟如何界定"汉风",暂且意会吧)。

在读《原来唐诗可以这样读》一书时,仿佛始终看到一个当代诗人在向古代诗人致敬,那些恒星般的诗人,那些流星或彗星型的诗人,那些很早便迷恋的和刚刚才喜欢上的诗篇。大师佳作选评颇多,评点虽短小却隐含着柏桦的不少心思,于此我想特别指出的是，柏桦在论及韦应物《长安遇冯著》一诗时有着一种微妙的神往。

> 客从东方来，衣上灞陵雨。
> 问客何为来？采山因买斧。
> 冥冥花正开，飏飏燕新乳。
> 昨别今已春，鬓丝生几缕！

高卧林泉、风雅自赏的隐士冯著，自京都长安东面的灞陵向诗人韦应物走来，身上还有着灞陵的雨迹。隐士所为何来呢？曰：采山因买斧——此语几乎是不可翻译的。柏桦喜欢它以及"衣上灞陵雨"一句。他解释道：尤其是一种单纯的劳动工具斧头，在此获得了意想不到的诗意，从而使笔者也平生了"采山因买斧"的向往。真想如冯著一般，去长安城买一把斧头，独自去灞陵山砍伐山林，以度余生。

柏桦明了真正的归隐是难的，令他醉心的是诗歌中斧头的诗意！他想到了梭罗扛着斧头走向瓦尔登湖，想到加里·斯奈德扛着斧头深入崇山峻岭，作为劳动工具的斧头能带来"意想不到的诗意"，这不就是一种世俗生活的诗化吗？藉他所中毒甚深的象征主义大师波德莱尔的话来说就是，"你给我污泥，我把它变成黄金"。诗人何为？不就是干这个的吗？将一把斧头扔在大唐，扔在诗坛，那不就相当于将一根烟头、一杯咖啡、一个安全套扔在当代，扔在诗坛吗？为什么唐人能赋予它们诗意，今人就这么为难呢？在此，我不在乎授人以"过度阐释"之柄，我只是觉得一个真正的当代中文诗人不可能甘心于永远拾洋人牙慧，而是渴望在一场反叛之后能与精神之父握手言和，写出唐诗宋词那样伟大的诗歌！李亚伟不是不久前才说过类似的话吗？有着汉风"宿疾"的柏桦在骨子里更是这么一个人。

如何将现代物事写出诗意，如何将俗常物事写出诗意，这就是他所关注的，这就是认为唯有旧日子才能带给我们幸福的人对当下的期冀！换言之，许多诗人一直在寻找那柄斧头，那柄可以劈开庞然的当下，又可和传统精髓相呼应的斧头，那柄能够在现代、后现代中国打开语言大门的利斧。

母语在路上。诗人在路上。

柏桦在路上。

自1993年之后，柏桦几乎罢笔，即便写了亦不复往日光辉。柏桦就此将一个困惑抛给喜爱他的人：诗作之少，诗名之盛。

王怡在《诗文扫地》一文中曾说"他（柏桦）语言几乎达到了现代汉语的澄明之境，而意味和章法却是最为古典的，好像阿城的散文和小说"，这话的第一部分我有所保留，第二部分我认同，第三部分则是激赏。当我在欣赏阿城时，并不是在以艺术成就之高下而论，而是出于对母语的热爱，对传统与野逸的敬畏，至少，以我之浅薄是如此！

　　卢小雅同样自意境角度观照了柏桦："他比较完美地展示了新诗在经营意境方面已经跃上一个新台阶，丝毫不逊色于古诗。"对于此语，思忖再三，我觉得以传统来丈量柏桦，怕只是别备一品，"丝毫不逊色于古诗"的说法似乎还是高了些，至于有人祭出柏桦是"北岛之后最杰出的诗人"，我觉得如果这种说法成立的话，那么当代诗坛真的可以休矣——即便再喜欢柏桦我亦把这句话撂在这里。

　　柏桦的诗歌更多的是一种"情绪"，不少作品尚未真正抵达他所欣赏的古典诗歌的大意境。这并不是说他的诗歌没有意境，而是说并未升至一个足够的高度，有些意境曼妙，但其创作并不能持久立于那一位置。譬如他自认比较成功的《以桦皮为衣的人》，"他决定去五台山/那意思是不要捉死蛇/那意思是作诗：//'雪中狮子骑来看'"，亦不过是化用了禅语，隐含着古典的意味，并没有真正达到唐诗的澄明与大境界。

当别人质疑柏桦的诗歌单薄、瘦削、缺乏分析等时,他说:"我是一刹那的'小'诗人,这也是我的诗歌理想。诗在我的笔下一写长我就惊恐,一短小我就有信心。另外,我的诗还瘦削得不够,还单薄得不够,还没有达到唐诗、宋词,包括日本俳句的瘦小度。"他所指应该并非仅仅是字数的少,更多的是那种小篇幅、大意境,那种言外之意、无中之有。

另外,从一个人的心仪者身上往往能看出这个人所缺乏或神往的东西。譬如,柏桦很推崇卞之琳,一个长于短制小令、精于现代技艺的诗人。

> 你站在桥上看风景,
> 看风景人在楼上看你。
> 明月装饰了你的窗子,
> 你装饰了别人的梦。

有意味的是，以卞之琳先生这首广为流传的小诗为例，在古人那里堪称一首出色的"绝句"，在现代中国却不得不叫做"断章"。

三

柏桦在《从胡兰成到杨键：汉语之美的两极》《当代诗歌写作中的主体变异》《读〈鱼篓令〉兼谈诗歌中的地名》诸文和《原来唐诗可以这样读》一书中关注美和审美的迁移，并屡屡提及叶芝《一九一六年复活节》中的诗行：一切都变了，一种可怕的美已经诞生。

这种"变"是不难意会的，这种"可怕"不免有些歧义。我猜想可能就是指"当下"！庞然的当下，加速度的当下，混杂的当下，母语的纯粹已然到了需要"保卫"的当下……而这种"可怕的美"

又只能来自群魔乱舞的可怕的当下。

在柏桦看来，保卫始于承继。他在复旦演讲时给出了一个诗歌写作用语的标准：文言文占35%，日常口语占35%，翻译体占20%（好像还不到100%）。他曾更极端："一首好诗应该只有30%的独创性，70%的传统。"（其实这是一句反语）

在柏桦看来，即便为了词汇量的丰富与魅力，亦不妨借鉴古言文和翻译体。他不是一个食古不化的人，亦非一个故步自封的人。

遥想，"唐初四杰"声名何等响亮，但在唐朝的诗歌长河中仅仅是打了个小小的前阵，被韩愈赞为"国朝盛文章，子昂始高蹈"的陈子昂，亦不过处于漫漫诗链之中，诗歌到了王孟李杜才真正气象境界迭出，此时距有唐以来亦已然百余年！一般而论，语言是需要积淀的，天才和大师亦是积淀的结果。所有的写作，最终均无外乎为了培育与等待天才和大师的到来，因为只有天才和大师才最终也最完善地将艺术归还给一个个的人，成为民族的血液。

"古典的东方如何转换成现代语境，如何与当下发生关系，这是天才的事业，至少我还没有做到"，或许，柏桦在接受凌越采访时所说出的这句话并非全然出于谦虚吧。

写于1984年秋的《悬崖》是柏桦诗作中非常简单而神秘的作品。为什么"一个城市有一个人/两个城市有一个向度/寂静的外套无声地等待"？为什么"此时你制造一首诗/就等于制造一艘沉船"？为什么"忍耐变得莫测/过度的谜语/无法解开的貂蝉的耳朵"？我是把这视为一种现代（诗）人对"不归途"的迷惘与追索的，也就是最后那句话："器官突然枯萎/李贺痛哭/唐代的手再不回来。"

许多诗人已然开始对古风、汉风注目与取法了，所谓"向后转"，一种古典的现代化，抑或，一种现代的古典化。如果说每个有抱负的当代诗人均在回首，这未免太一厢情愿了些，但我相信这应是一个很长的名单。我多年前所不能理解的是，为什么李白的诗歌并非那么"古"，而他偏要放言"将复古道，非我而谁"，并一口气写下五十九首古风及其他古意诗篇？

向后的路永远不会是单纯的向后，而是另一种更复杂的行进与先锋。

中国文化太丰富了，楚辞、庄老、汉赋、魏晋风度、唐诗宋词，明清以降更是纷繁流转，所以真心取法，无处不可法。包括内容上，形式上，语言上，信仰上。关于信仰与宗教，极简单又极复杂，我准备留待来日详谈。在和友人初步讨论这一问题之后，我觉得每个人的心底均睡着一个神。有时是神没有醒来，有时是我们没有醒来，有时是大家都醒来了，但没有相遇……

对于现代诗歌的古风传承、汉风演绎，我不揣简陋，管见如下：

唐诗宋词很重要的一点便是形式，说得绝对一点儿，如果把《静夜思》翻译成现代白话，读上去可能不过是一首二三流诗歌！所以我觉得现代诗歌是需要一种形式的，这种形式可以给语言以限制和升华，诗人食指是认识到了这一点的，他曾谈起何其芳当年对他说的，"诗是'窗含西岭千秋雪'……'得有个窗子，有个形式，从窗子里看出去。'"

庞德有个说法：技巧是对诚实的考验。事实上，形式也是这个技巧中很重要的一部分，它不仅仅是对诚实的考验，也是对耐心和结构能力的考验。

我要强调一点的是，这里指的是具体的形式，而究竟什么样的形式才是有效的、适合现代汉语的，这需要实验。绝句和律诗均是几百年大浪淘沙之后才慢慢定型、广为沿用的。内在的韵律、内在的节奏非常重要，但或许还可以发现新的"窗子"，新的可能。

夏天来过了……夏天还很远。

一种"可怕的美"已经诞生！美，就像一只凶猛俊健的狮子在寻找新的猎人！

2006.4

补记：

2006年生活发生一些变化，此文未充分完成即"遗失"，慢慢就忘了。2021年底，胡腾兄发来十几篇他所存我的文字，内有此稿。后又找到一稿。

多年来，柏桦的变化不小，诗歌的变化更大。终究，现代汉诗和唐诗、宋词面对着不一样的世界，自有不一样的神采。一方面，一诗一形式，一人一风格；另一方面，正如艾略特所言，"在任何时代里，真正艺术家之间，我认为有一种不自觉的联合"，也许存在合力，存在共通的形式或语言的仪式感。具体说不很清晰，但比较确信的是，古与今、此间与异域不是对立的，而是相互完成、完善；自由与格律也不是矛盾的，而是相互生发、升华。新诗无形而又有形，千变万化而又有着巨大的向心力。

附录

阿乙×木叶：自由即爱与被爱、创造与被创造

阿乙：你 2006 年创作的诗《春风斩》获得当年《中国时报》文学奖。台湾诗人也是诗歌译者的陈黎这样点评："《春风斩》是这次进入决审作品中，我觉得语言掌握得最为精准、节制、均衡，形式与内容搭配得最好的一篇。乍看，此诗样式仿佛是三十年代新诗萌芽期四行一节、还讲押韵的'豆腐体'的再现。但细读，却发现在简单、平淡的字句

中，蕴含许多意念、意象的跳接，把'爱情之于人生'此一永恒命题，做了新鲜的切面呈现。"陈黎很会看诗，就是通过他的小评，我发现你的诗押韵的比例不低，可以说贯穿你的诗作生涯，是你诗作的特点之一，比如2000年的《想象到石头为止》："将一块石头想象成唯美的空中楼阁/六指的女娲在那里紧锁眉头，她短促的额头/如同失修的窗子泄露了阳光/雪和雪花就这样落下，我们第一次拥有/'哀愁'这可怖而无辜的字眼。哀愁"；1996年春节的诗《绝句》："你可曾想象 一种声音击在胸口/击在胸口 并且倾心在体表奔走/不管有无挽留 这声音仅此一次/仅此一次 直到神圣的死亡临头。"而《春风斩》这首诗押的是ang韵，如莽、上、忘、狂、娘、行、恙、亮，等等。我对新诗写作了解不多，不过知道用韵已经不成其为规矩。最近在食指口述的《我的生活创作大事记》里又看见这样一段话："何其芳专门给我讲授'新格律体'

诗歌，讲得非常细，非常耐心。记得他先给我讲新诗的'形式'，他说，新诗是应该有形式的。诗体的变化从来是从没有形式到有形式，之后再打破旧形式，形成新的形式，古今中外，概莫能外。这跟社会和语言的变化有关，跟时代有关。在新诗的形式上，他主张'新格律诗体'，基本上和闻一多提倡的差不多。但在为什么要提倡写新格律诗上，何其芳老师更多地强调新诗应该有音乐感和韵味，有了音乐感和韵味才受老百姓欢迎。"

木叶：你谈的第一个问题就颇富争议，因为它重要而又复杂，那就是新诗与格律的问题。粗略而言，就是应该有相对固定的形式和韵律，还是一首诗即一个形式一种韵律？这涉及当代诗歌到底归于视觉还是听觉……？我从头说起。很小的时候受哥哥（刘海涛）影响，他特别喜欢以港台歌曲的调子即兴填词唱出来，他最喜欢的是霍元甲主题曲（也唱过《万水千山总是情》等），那时他十二三岁，我小两岁，不在于改得或唱得有多好，而在于那种懵懂的创作，懵懂的音律之美。还有就是，因为初中时看过几本古书，也写过几首旧体诗，不严谨，但韵是要押稳的。高中时迷上崔健，尤其是"那天是你用一块红布，/蒙住我双眼也蒙住了天，/你问我看到了什么，/我说我看到了幸福"，"布""么""福"的那种谐韵很神奇很动人。我高中时胡乱作词作曲过一首歌（再后来也曾写过一两首歌）。这些可能都潜在地使得我在写新诗时不由自主地注重语感、乐感和一定的仪式感。你提到的《绝句》就是在1996年春节当天在空荡荡的马路上几分钟之内写下的，后来只动了几个字。几年后，我还试着写了十来首十四行诗。

不过我不强求，灵感或者说诗句到来时适合什么就写成什么，决不会苛求每行均齐、顿数接近、押韵等等，希望是内在的音韵召唤一切。所以我的诗歌，有的整饬押韵，有的完全不用韵也不均齐。

阿乙：《春风斩》这首诗的意味需要至少两遍的阅读才能完整呈现。我在里边发现了一种精构，以及对细节、部件的反复锤炼。（作者似乎具有一种完美主义倾向。）从结构上来说，《春风斩》似乎是一个中年人在对婚姻感喟（"一根烟的工夫，便已来到命运的中点"），然而又有可能是人在古稀之年对这段婚姻进行回望（"当我老了，我会忆起我们的喜酒"），末了又发现这种回望是隐藏在中年人的感喟之中的。似乎这样，婚姻那多少有些疲倦的意味才能得到呈现。

木叶：这是我探索性比较大的一首诗。确实关乎时间，时间在爱情中的流转，或者说爱情在时间中的跌宕。写的时候我隐约想到凯鲁亚克的话"永远年轻，永远热泪盈眶"，而今再看，更多的是"此情可待成追忆"。没有什么东西是可以挽留的，但有些语句能在永久中运行一段里程。

阿乙：其实我旁观你诗作，印象最深的是动词。这似乎是你部分诗作的秘密。瞧瞧：《宇宙遁》《阳光来到我身上》《六月，一只绵羊呼唤我的名字》《向一碗小馄饨弯曲》（那首《一只苍蝇》如果叫《一只苍蝇蹲在门槛上》会更妙：一只苍蝇蹲在门槛上/像是在等待，在休息，在冥想，在准备飞翔/其实它只是沿用了一个祖传的姿势/短促，安详，雌雄莫辨，看上去远离了肮脏）。瞧瞧你对一个动作、一种过程、一种状态或者说一种姿态——总体来说是一个行动——的痴迷。《寂静正穿越一支烛火》几乎是一个极端。它不是在写寂静也不是在写烛火，而是在写虚对实的刺破、经过和撑满。是动词——穿越——使得一种虚幻比任何实在之物都来得清晰、强烈。看看那强壮、充满回声的"穿越"——"穿越点燃她的手/那也是覆灭她的手//穿越她的笔直，和摇曳/她的圆满，和血//穿越她内部的苍白，与黑暗/她从不曾抵达的苍白，与黑暗//穿越喧嚣，穿越豪华之夜/并隐身于这一切"。在《雨打在万物身上》这首诗里，我看见你以"蛮野生长"来形容"楼宇"。《春风斩》里也有"就像一块石头/只有委身于蛮荒的山岗才会生长""用爱情切一只梨"这样匪夷所思的句子。可以说事物经过你的过滤之后，极可能会变成一种运动的状态。不是颜色，不是样貌，不是体积，而是动作。《妈妈在上海》里的妈妈也是一种动态。《二泉映月》塑造盲人时对动词的运用甚至到了依赖的地步。可以说，动作成为你的事物的颜色、样貌和体积。

木叶："动作成为你的事物的颜色、样貌和体积"，你这个意思很像一个画家的语言。有时看见别人谈自己的文章或诗歌，会感觉世界上真的有另一个自己，很熟悉，又很迷离。其实，一个人一生可能也擦亮不了几个词，擦亮了还会继续黯淡下去。"形容词是名词的敌人"，伏尔泰的这句话备受推崇,而很多时候,动词都是宠儿,不过在诗歌里,没有铁律,太多东西需要重新打量。每个词都可能是形容词,也可能是名词,有时,一个动词如果没有一个名词的质感也是可疑的,也许还需要具有一个虚词的漂泊与空阔,而每个寻常的词也都可能有另一副面孔。回到古诗词就会更明白些,"春风又绿江南岸"的绿字太有名了,我们来看看"池塘生春草,园柳变鸣禽","生"和"变"都不是多么新鲜的字,但是被作者赋予了新异和魔力。这比用一个生僻的新词还要考验人,也推动人。小说也如此,譬如"不响"并不是多么响亮,但在《繁花》里铺天盖地而又悄无声息地出现时,就活了,亮了。

阿乙: 托马斯·特朗斯特罗姆终生诗篇在两百首左右,现在的你出手的不到四十首。我并不知道你真实写作的频率。不知道你是"写得多,发得少",还是"写得少,发得少"。我感觉你是一个谨慎的人。我这么说,是因为你目前发出的诗里不存在糟糕的、拉后腿的作品。水平相对均衡。(哪怕是"枯藤老树姜文"这样看起来的戏谑之作也具有充足的诗意。)另外就是,诗句中虽然洋溢着激情,但更多呈现的是一种简省。这种简省有时甚至到达两句三句的地步,比如你对诗人群体的分别刻画(《白色的乌鸦》)。2010年写的《罪》只有两段四句。然而我并不因此觉得有什么缺失,反而会觉得从少里诞生出一种丰富来。我想这因为你是一位炼句的诗人。

木叶:确实写得不多,不过可不止四十首。我大学时一天能写好几首。记得,当时的女朋友要把我的诗翻译给美国外教看,我就在短时间内写了一批,拿给她挑选。不过产量高,最终能留下来的也不多。以前相信抒情就是燃烧,后来更相信抒情还包括或者说更应该包括灰烬与无尽的后续,用里尔克的话来讲就是"像大教堂的石匠一样，/顽强地将自己转换成岩石的冷静，/艰苦地将自己变化成词语"。21世纪的前几年，我写得比较少，这几年来又密集了一些，但依然是慢动作。我手头在写两个组诗，已经陆续写了一些，但还没有完全锻造好。

我文章也越写越慢。积极做记者的岁月，最紧迫时一两天内要完成一篇四千到八千字的采访稿，再交一篇千字的专栏，清闲时也要每周出三千字的稿子。有一次，一个专栏因故给毙掉了，我傍晚时分花了两个小时写一篇补上去。现在我一年也就写十几篇文章，特别惭愧。终究，文本第一，顺其自然。有人说，"每个字下都是深渊"，也有人说，"词如谷粒，睡在福音里"。有时觉得自己似乎走向了语言的尽头，定定神，又发现其实才刚刚靠近诗歌的开端。

阿乙：需要补充的是，我在后来阅读你关于多多和北岛的诗论时，发现你对用韵其实很敏感。你对多多用韵的变化进行了篇幅不短的阐述。你评价多多："他的音乐修养和实践无疑提升甚至在一定意义上规定了他的诗歌特质。"后来又评说他在离开1980年代后，"不再追求外在的歌唱性，而更为内在"。在论文里，我发现你既不是押韵这种风格的卫士，也不是不押韵这种风格的卫士。你更多地是看到作者在采用这两种不同的风格时所获取的好处，或者说他得到提升、得到解放的一面。我看你和多多一样，都察觉到了在押韵或不押韵之间的第三条道路。正如所引多多的话："诗歌最本性的东西就是音乐。这个'音乐'并不只是音韵、对仗、节奏，而是指'大音乐性'。"

木叶：多多了不起，1980年代的许多东西拿到今天来看依旧是先锋的，甚至1970年代的某些意识也已超拔。押韵这个事越来越复杂，其实不光押韵（韵母），还可能押声（声母）；不仅能以一个字为单位，还能把不断重复出现的若干个字甚至句子视为一个大的韵来看待，这是我的理解。苏东坡曾被指"不协音律"；陆游的"重帘不卷留香久，古砚微凹聚墨多"一联很合格律，但也被小说中人林黛玉和史学家钱穆等人说不可学、俗，所以音乐、格律和诗歌的关系没那么简单。有人研究过"面朝大海，春暖花开"，除了押韵，后四个字和前四个字的平仄完全相反（对），这自然可以构成极佳的音韵效果。不过我们会发现，同样是海子的诗，也有完全不这样却依旧很美的，如"起风了/太阳的音乐　太阳的马"。节奏和韵律都是有生命的，我们要用自己的生命去感受，去呈现，有的形式很有效果，但不存在一劳永逸的形式和格律。

阿乙：里尔克、洛尔迦、曼德尔施塔姆、帕斯捷尔纳克……这些诗人在中国拥有不止一种译本、一位译者。但我认为,相对于更多的读者来说,他们仍然只呈现了一半。使他们在汉语世界成为一,或者说成为完整的是北岛在 2009 年出版的随笔集《时间的玫瑰》,也可以说它是一本诗论。在《时间的玫瑰》出版十年后,你将出版一本诗论。我目前还不知道它的名字叫什么。对穆旦、卞之琳、冯至、北岛、西川、臧棣、多多、海子、于坚、翟永明、陈东东进行自己的论述。你的建构和北岛正好互补,一个是国外,一个国内。我已经阅读四五篇。就是在这有限的阅读里,我想起卡森·麦卡勒斯小说里的一句话:"用柠檬汁在白纸上写字是看不出来的。可是如果把纸拿到火上去烤一烤,棕色的字就会显出来,意思也就一清二楚了。"多数时候,多数的读者是看不出诗人的用意的,或者说即使看出来了,也看得很浅。使他们明白诗意,明白作品的深度的,正是像北岛、陈超、陈东东和你这样的诗论作者。我就是这样的一个读者。我和北岛、陈东东本人认识,但是如果不是读到你关于他们的诗论,我可能永远无法在精神上体察到他们诗歌的涵义。

木叶:阿乙兄过誉了,我的书无法和北岛先生相提并论。其实,类似的诗论集不算少,不少诗人写过。对于北岛,也许随着意识形态因素的变化,评价会有变化,但细读他出国后的诗歌,还是很有感触,他有一部分东西被他自己早年的形象给遮蔽了。最初,我应一家杂志之约写了一篇《北岛的词场》,有杂志编辑见了便来约稿,吴亮老师也督促我写了一年的诗论专栏,这个过程中有热忱的朋友希望能结成一个集子,这些美好的建议和催迫使得我的诗论集渐渐显露出自己的形状。评论,是把自己作为一个普通读者的真切想法以专业甚至严苛的方式表达出来。有意思的是,北岛的《时间的玫瑰》和陈东东关于当代诗人的笔墨,写法很不同,但各具风格。我的写法又不太一样,我不太注重诗人的个人史，但在关键处又并不拒绝，我更信赖诗歌自身的言说和辐射力。写这些诗人论的日子，是生命中极其美好的时刻。坦白讲，写得很慢，有个朋友批评说——你是在以写诗的方式写诗论么——我倒是把这句话当成了表扬，做不到，但是努力去接近那些元素一样的诗句和魂魄。

阿乙：诗歌是最需要阅读训练的。读者之所以远离诗歌，并不是诗人没有写出有力和优美的作品（恰恰相反，现在正处于一个诗歌创作的高峰期），而是读者没有找到审美的钥匙。没有找到一张关于复杂机械的说明书，因而他就觉得眼下的是一堆废铁。

木叶：美的教育有多么重要，就有多么匮乏。但是在这方面较为发达的国家，诗歌也没那么受关注，所以这可能不仅仅是诗歌自身的问题，还关乎这个时代的显性文艺的问题，电影是"显学"，其影响不仅超过了诗歌，也超过了小说。电影、音乐是直奔五官而去的，甚至穿透了身心，读者或观众"被动"着、享受着就完成了汲纳，而诗歌需要你一个字一个字去读、去领会，读者或观众当然喜欢以最小的付出获取最大的刺激和愉悦。而且，同样是诗歌，有的像风，能飞向读者，拂动读者，有的则是植物一般，必须走近才能欣赏。所以，一方面好的作品已经很多，一方面特别特别好的作品还不够多，或者说特别适合这个新媒体全媒体甚至AI时代的诗歌还不够多。总之，我不抱怨读者，只希望自己还能有更大的空间，更具充满综合创造力的表达。

阿乙：诗论的写作本身也会产生一种权力，因为它涉及拣选、肯定与否定。这很容易使批评者与作者水火不容。在一些愤慨的作者那里，批评者要么是拉帮结派、圈地圈人、自以为是君王的疯子，要么是溜须拍马、狐假虎威、只想混饭的谄媚之徒。在一些批评者那里，作者出现这样的反应未免可笑。但是我知道，你和大多数的作者处于良性的来往当中。之所以不是说全部，是因为你也对多位有名或有话语权的作家有过"酷评"甚至"恶评"。我不知道，是不是在"酷评"之后，你收起了批评的矛戟？并不是说你只选择对方爱听的话来说，你一样坚持自己的判断，即使是对作品有极大的否定，你也不会讳言。不是这样的。你现在无论怎么说，对方都不会生气。甚至会对你有所感激。我有段时间，甚至怀疑你是不是学习过戴尔·卡耐基的人际交往技巧。后来我确信，你从来不想借批评他人的作品来自重，不想以吹捧或者践踏他人的作品来抬高自己。你使作者意识到，你是完全地在和他探讨"业务"。你服从的是自己所从事职业的责任感，感召你的不是这种职业所拥有的权力的光环。

木叶：我和作家的关系没你想象的那么好。有几个确实很好，也存在被我有所批评但交往依旧很不错的，譬如阿乙兄便是，那主要是你和朋友的胸怀以及信任，而不是因为我。我觉得一个批评家，不要试图去说服任何人，但是你的每篇文章都必须具有说服力，辐射力，它们自然而然或者说迟早会拥有它们的读者，并获得属于自己的时间和空间。批评更不是攻击，而是一种邀请，包含着不计后果，以及必要的沉默。批评首先是对批评家自身的审视，审视自身的真诚，自身的准确，自身的胆色与深入……

其实，作者和评论者以及普通读者，大家真正面对的东西是一致的，那就是灵魂的深，以及宇宙人生的未知未明。时间是最好的守门人，不会放过任何一个人，任何一个文本。我也有自己的偏爱，自己的失误。对于那些有创新精神和探索意识的作品，哪怕完成度不是很高，依然比在旧有的格局里修修补补的作品更能激起我的兴趣和尊重。当我写诗的时候，我也期待别人的批评和校正。或者说，我的批评文字本身也在期待着反批评，我觉得当大家都心平气和，为了更深层更恒久的东西相互激荡时，美就变得不再狭隘。

阿乙：这中间会牵扯到一种怎样的批评方式，或者说方法论。你有本书叫《水底的火焰》。"水底的火焰"这个意象出自庞德，你曾经说这个意象代表了你理想中的批评状态，虽不能至而心向往之。并且说"好的文学，始于困惑，面向光与自由"。我和批评家胡少卿聊过，他也提到批评是为了自由。我对批评与自由之间的关系一直不能深入了解。只是泛泛地觉得是。我很想听到你的说法。

木叶：关于自由，有太多的说法，甚至蕴含极其悲观的一面，久久匮乏的一面。我所理解的"自由"无限透明而又无限复杂，自由包含着爱与被爱，书写与被书写，创造与被创造，看见与被看见，倾听与被倾听，克服与被克服……自由是一种能力，叛逆的能力，想象的能力，以及赋形的能力，这样的能力不是凭空可以获得的。T. S. 艾略特有一个意思："对于想把诗写好的人，没有一种诗是自由的。"批评也是如此，如果你明确知道这个小说哪里好或不好，那也简单，而终究做文学批评的过程也是学习和探索的过程，从已知到未知，从困惑到自由。

阿乙：我不能保证以后的你不会倒入权力的泥潭。有时，外部环境会压弯一个人的理想。我们对别人要求少，不意味着别人对我们要求就少。几乎每个写作者和批评者，一开始的志愿都是好的。

木叶：哇——我愿把你的审慎，作为一种警示。"没有人是自由的，甚至连鸟儿都被天空束缚"，这可能是鲍勃·迪伦的话。总是有更高的东西存在。我们都只是在一个过程之中,我们的理想、才华和坚韧,都将为我们自己的成果所检验,而成果越丰盛,来自外部的压力就越大,自己给自己的压力也越大,就像果实越是趋于成熟和丰硕,枝头就越是弯垂得厉害。

从人到神,从人性到神性,其间有无尽的虚空与未明,自由与光在那里运行。

阿乙: 虽然你会避免直接评断一个作者,但是难免会撞到这个问题。我注意到你会以"野心、才华、实绩"三者来衡量。2015年3月《上海文学》发表过你对我的采访,当时我说话应该比较冲,今天看来未免汗颜,这时你在我的感想后面留言"立此存照,未来看实绩"。2017年10月27日你接受《第一财经日报》孙行之采访时说:"野心是野心,才华是才华,实绩是实绩,不能混为一谈。"可以想见你是一个实用主义者?

木叶： 我最早是见鲁迅用的"实绩"这个词，他在《中国新文学大系·小说二集》导言中说："从一九一八年五月起，《狂人日记》《孔乙己》《药》等，陆续的出现了，算是显示了'文学革命'的实绩，又因那时的认为'表现的深切和格式的特别'，颇激动了一部分青年读者的心。"它可能真没有"实用主义"的意思。我确实多次在文中用到这个词，指的是实际的成绩，我是一个重实践，也重实效的人。一个人光说自己努力或真诚，是没用的，必须让人看到努力的形状。张文江老师说过一个意思：决定一个人命运的不是他当着人做了什么，而是他在别人看不见的时候做了什么。我觉得在别人看不见时做的事，是实绩的前世，实绩是它的今生或来世。

阿乙： 我出生在赣北的农村，几乎费尽了前半生才爬到首都。在这中间我经历了多种职业转换：

警察、报纸杂志编辑、文学期刊编辑、网络编辑、小说作者。直到40岁以后才被倦意击倒。支撑我的信念仍然是"拿破仑、往上爬"那一套。是往更高、更大、更热闹的地方去,去实现自己。很多外省青年和我一样,他的心态和作为很容易理解。然而到今天,我感觉朋友里最难以理解的就是你。你是北京人,虽然是北京郊县人,但也是首都人。然后你因为考到复旦大学,进而一直留在上海。我们虽然都是"70后",但我根本无法将自己代入到你的身份里去想象你过的生活。我也揣测不到你的思想。我记得以前有一位同事,是北京人,却在广州落了户。我也感到无法揣测他的思想与生活。

木叶:哈哈,起初在这个城市里有我的一份爱情,我就留了下来。当然,这是无果的。阿乙兄,我觉得你总是能把自己撕开来,自我身份啊,社会认可啊,看得清,谈得多,你的小说中也多有探讨,而我看不太清自己。上海人去北京发展的不少，从文化到政治等领域，北京人到上海长久发展的似乎不多。我1990年代初刚到上海时挺失望的，但这座城市的魅力就在于一旦机会到来，"她"就能迅速地重获繁华，与繁花。当四周都静下来时，我也会怀疑自己当初留沪的选择，特别是为人父之后。我很理解北上、北漂的人，很理解"于连"，或者你说的"拿破仑"，也许我是另一种"于连"，说到底，我也是出于并困于一个梦。我想返回，但已不太可能；我还想去更远的地方，但也日益渺茫。我常被人说"诶，你原来是北京人？"也有朋友会以"北人南相"来解围。我一方面觉得北京永远离开了自己，一方面又觉得北京的一部分在我身上蔓延——离得越远，故乡的引力越大。在另一端，对上海越了解，越感到自己可能不过是一个过客。

几年前见孙甘露老师援引了一句话，中心自然是有的，但终究都不过是"宇宙的郊区"，我觉得很多东西豁然开阔了。作为一个喜欢文字的人，我的苦恼是很多经历甚至罪与错，无法得到有力的赋形与清洗，很多云一直黑压压阴沉沉的，但就是他妈的落不下来，落不清爽。

阿乙：我知道你身为作者和《上海文化》这本杂志的渊源。你曾用一万五千字的篇幅写了一篇关于安妮宝贝的论述，你说是"凭借着一股蛮力"。不过，我也知道，在写之前，你对安妮宝贝有过三次认真的采访。现在，你被吴亮召入这家杂志社。我不知道你怎么理解这样一个团队？现在，黄德海、张定浩、李伟长和木叶作为沪上青年批评家，甚至可能的"巨鹿四子"，声誉已经被传播得越来越远。也许还要加上项静。

木叶：我觉得文学评论有责任回应一个作家或一种风格在一定时期内何以那么受欢迎，当然也最好能深入到作家作品的未来，至少是接下去一段时间的某种可能或局限。我努力这么做，有发现，有困惑。我大学时就和朋友一起编杂志，写诗歌，也写很长的诗论。工作后也零星写过几篇评论。再后来，我隐隐地想做一个主题访谈集，就专访了吴亮老师。除了你提到的这几位师友，还必须提到的是程德培和孙甘露两位老师。

"××四子"是很酷的说法，也正因此，我们暂将它放在一边，而更多地去相信和期待一个个的个人。每个人都很不同，而且都还在途中。我希望我们之间是一种有创造性的竞技，有创造性的友谊。

阿乙：《先锋之刃》是你的一本访谈集。进行采访，尽量多地"调研"，似乎是介入批评的一种方式……

木叶：你说得对，访谈也是一种评论，而且可以充分发挥"分身术"，可以从很多身份、位置和角度来提问,来质疑,来重新出发。一般的评论文章则更像是一对一的对弈,注视其眼神,其手,还有其内心的波澜。当然,最好的东西都是从具具体体的相对性出发,而又面对着一种绝对去发言,譬如面对死亡,面对无情而无形的时间。

阿乙: 如果用一个比喻来总结你的话,我觉得可以是"NBA的裁判"。当然总结的只是目前的你。我看了好几年NBA,发现自己不知道场上有几个裁判。之所以如此,是我的注意力没有在他身上。这背后是裁判的修养。他们努力使场面变得流畅,从不喧宾夺主,以至于观众从不知道他们的存在。所以,可以说他们是隐身人。目前的木叶也是这样,并不是那么强烈地让人意识到他的存在。然而要论及批评成果的积累,他又硕果累累。仿佛在不经意间,他搭建成了自己的批评王国。

木叶: 我岳父最喜欢NBA了,六十多岁还会跟年轻人打篮球。可惜我只能与他探讨一下乔丹、奥尼尔（还有姚明、詹姆斯），进入不了什么细节。"裁判"是一个很好的说法，不过，在我看来真正的裁判只有时间。我一直认为自己也在场上打球，和诗人、作家以及批评家一起，领受着来自场内场外的有情无情。

当你说到"批评王国"和"存在感"，甚至在前面说到"权力的泥潭"和"理想"，我就觉得自己似乎已经走了一段路，但一切又刚刚启动，而时间或者说未来又确确实实是不断分岔的，包含着我们的困境与可能。想起两句诗，互相矛盾，又互相推动，或许可以用来结束咱们这次的谈话：一个是，"一柄剑持在手中/将会获得一个王国，也会失去一个王国"；一个是，"随着我成熟/你的王国也会成熟"。

2019 年初

后记

这似乎更像是我的第一本书。这么说是指,所收文字的起讫时间整体上比此前出版的书略早一些: 1995—2008。

时间也是空间,一旦有了足够的量差,光和文字都可能发生微妙的弯曲。在我,汇拢结集的过程中尽量尊重原貌,只做了一些必要的变动:改正排版错误和错别字,以及明显的事实史实问题;有几篇文字的标题和内文，发表时的版本和自己当初所拟有出入，现据内容作了相应取舍；较少做加法，有几处重要的补充，我加了括号或"补记"字样；做减法也比较慎重，《通向格律之门》的删减特殊一些，主要是如今看来其中的几个段落有点私密有点惭愧……

"那些无法赞美的"，这个书名取自我 2009 年的一首小诗，曾发表于民刊。诗落脚于赞美，而最初的触发点是日常所遇的一些"无"，包括个人情感和坚硬世界中的无名、无形、无解、无力——无与悲剧通向一切。至于无法赞美，可以指无从赞美，没有能力赞美，也包括无需赞美、不要赞美、不应赞美，还隐含理应（被）赞美却未（得到）赞美之意，甚或不得赞美不准赞美不许赞美，正向的力中兼有旁逸或逆向的因子，心绪是有几分复杂的，这一切的总和奔突聚变为"那些无法赞美的赞美着世界"。关于类似主题，有人可能会想到卞之琳斩截的"可是我赞美人间第一盏灯",或扎加耶夫斯基动人的"尝试赞美这残缺的世界",而里尔克那面对死亡、空无、使命等等时不断重复的"我赞美"则是更早的种子……近些年来,我一直在思考如何直面"天地不仁",同时呈上一炷属于自己的"肯定的火焰"。一个人总是难免被"翻译中丢失的东西"和现实生活中无法言说无可回避的东西所困扰、损毁,当然也可能是激励,如果说有什么与可见不可见的这"无与万物"最为接近,那便是"爱和自由"。现在这首诗的面貌,正是 2022 年 5 月有感于奥密克戎时代纷纷攘攘之种种,略作修订的结果。

  书分四辑,都涉及了一些无法赞美者,以及一些内心深处的赞美和必要的审视,是的,如果赞美里缺少了审视和抵抗那可能也是可疑的。辑一,从选目到排序,都要感谢胡腾兄,其中有两篇曾收入我当年自印的诗集。按他的说法,这两篇也许可以视为诗小说与散文诗,但都和那篇汶川之行的所见所思一样归属于"爱与死"。一个人的性格与风格,是存在一个脉络、一些升沉漫转的。

辑二,是古今诗思的交汇,有朋友曾鼓励多写,集为一册,遗憾的是目前只完成约二十篇(未全收入),也许还会再写一些吧。

辑三包括信件,包括校园刊物和民刊的序言,包括关于画家、诗人、小说家、电影导演、摇滚歌星、异类人物的文字,也包括对剑气和童年的思考,驳杂是驳杂了一些,不过这可能正是我所喜欢的:注目于生命力和创造力,注目于真相之严酷和自由之漫漶。

辑四是不同时期对诗歌的一些思考,均不曾正式发表。或刊于民刊,或打印出来给朋友们看过,或是"失而复得"(特殊时期,尤其感谢几位朋友翻出了几篇我已经找不到的文章)。

这些文章中的有些观点,我如今可能已未必认同,但我好奇于"她们"的样子;有些观点和行文,令如今的自己惭愧而又振奋;更多的时候,是看到自己的一些想法仿佛一条小溪,断断续续流过山石、丛林或沙丘,如1995—1997年较多谈到悲剧、消解、匮乏、孤独、崩溃、失败,同时也在思考"爱""健康""自由""建立""改造世界""幸福统摄着痛苦"等,后来类似观点也或隐或现,而今,人类已置身于多维的自我改造和外力改造,人越发赤裸,肉体、思维、生活均来到巨大的临界点。科技与人逐步合一,人甚或不得不到人类"之外"去获得自身、思考自身。诗人休斯说,"一切事物都在继承一切事物",如今的"一切"更为复合而复杂,如今的继承更为跌宕而魅惑。

值得补充一下的是,书的内容自一开始就大体落定,不过书名想了几个,"那些无法赞美的"和"少年心事"就仿佛是一个问题的两面,自认都适合,也喜欢,可惜已不止一本书叫"少年心事",

遂作罢。之所以还要提起这四个字，是感慨于环境对个人那奇妙的影响，除了母亲喜欢文字和故事，哥哥刘海涛比较早就写一些诗或歌。记得他小学六年级或初一时，曾在家里的一个本子上大大地写道："少年心事当拿云。"还特意将上下结构的"拿"字写成左右结构的"合手"，对于当时十一二岁的我来说，这一行字尤其是这个"合手"的姿势，有些突然，又自自然然。后来，我才得知那是李贺的诗，繁体原版为"挐雲"。一个人究竟怎样做才称得上"挐雲"呢？那是我少年时期与文字的一次有些奇异的相遇。多年后，我出版了一本书，赠给哥哥时就提到了这句诗和这个本子，他迟疑了一下，表示已没什么印象。不过，悄悄地，一路风吹浪打的他重新写起了文章……

我对这种迟疑，起初有些失落，后又感到，很多人，也包括自己，不也是看似毅然决然实则摇摇晃晃兜兜转转才比较明确地走上文字之路吗？这可能正是人生，在不同的时期，会为不同的事物所蛊惑所荡漾，旋即变转，而幽幽的回响终究会伴随着"巨大的静寂"远远袭来……

木叶

写于2022年5月27日罗大佑线上演唱会之夜，8月改定。

图书在版编目（CIP）数据

那些无法赞美的 / 木叶著. -- 上海：上海文艺出版社，2023
ISBN 978-7-5321-8732-4

Ⅰ.①那… Ⅱ.①木… Ⅲ.①随笔—作品集—中国—当代 Ⅳ.①I267.1

中国国家版本馆CIP数据核字(2023)第113630号

发 行 人：	毕　胜
策　　划：	李伟长
责任编辑：	胡曦露
封面设计：	钱　祯
封面插画：	施晓颉×公号：痴吃喵
书　　名：	那些无法赞美的
作　　者：	木　叶
出　　版：	上海世纪出版集团　上海文艺出版社
地　　址：	上海市闵行区号景路159弄A座2楼 201101
发　　行：	上海文艺出版社发行中心
	上海市闵行区号景路159弄A座2楼206室 201101 www.ewen.co
印　　刷：	浙江中恒世纪印务有限公司
开　　本：	787×1092 1/32
印　　张：	9.625
插　　页：	5
字　　数：	115,000
印　　次：	2023年7月第1版 2023年7月第1次印刷
ＩＳＢＮ：	978-7-5321-8732-4/I·6879
定　　价：	58.00元
告 读 者：	**如发现本书有质量问题请与印刷厂质量科联系　T:0571-88855633**